Aloys Rybaczok
Das Dasein im Zeitraffer

Aloys Rybaczok

Das Dasein im Zeitraffer

Geschichten querbeet

Aloys Rybaczok
Das Dasein im Zeitraffer, Geschichten
querbeet;
Erzählungen / Aloys Rybaczok

Herstellung: Books on Demand GmbH,
            Norderstedt
Erscheinungsjahr 2002
Alle Rechte liegen bei dem Autor

ISBN 3-8311-3707-2

Für unsere Enkeltöchter

Viktoria Anna, Katharina Lea, Madita und Maike.

Inhalt

Vorwort

Diese Geschichten schrieb ich schon vor etlichen Jahren.

Die erste war ‚Wo warst du, Junge'. Ein Freund veröffentlichte sie in seinem Wochenblatt und es gab Leser, die diese Erzählung gut fanden. Das machte mir Mut. Also schrieb ich weiter. Es folgten: ‚Ein Soldat', ‚Der Talisman' und ‚Eleonore'. Die nächsten sind Freizeitgeschichten. Ich schrieb sie an den lauschigen Sandstränden und den zerklüfteten Felsküsten zauberhafter ägäischen Inseln.

Irgendwann folgte ‚Das Geräusch', und weil diese Erzählung die Biographie meiner Generation streifte, entstand später daraus ein Roman.

Zwischendurch fühlte ich mich dazu verpflichtet, das Negative in unserer Gesellschaft nicht zu beschönigen, sondern es beim Namen zu nennen. Daher folgten ‚Quo vadis societas' und die zwei Satiren ‚Der Radio-Wecker' und ‚Cannabis-Cards'.

Ich hoffe, dass die erwähnten aber auch die anderen Geschichten Ihnen gefallen und das wäre eine Motivation um den Bleistift neu zu spitzen.

Brief an eine Neugeborene

Liebe Madita,

wir, das sind die Eltern Deines Vaters, Deine Oma und Dein Opa, schreiben Dir einen ersten Brief.

Der 16. Februar 1996 war hier im Norden ein wunderschöner Wintertag. Aus den Winterwolken schwebten große Schneeflocken sacht und leicht wie Federn auf die Erde und hüllten die Stadt, die Felder, Auen und Wälder ganz in Weiß. Hin und wieder tauchte die Sonne auf und ließ die Landschaft und die Eiszapfen an den Dachüberhängen der Häuser glitzern. Dann sah man den Rauch kerzengerade aus den Schornsteinen in die ruhenden Lüfte steigen.

An diesem schönen Tag geschah, achthundert Kilometer weiter im Süden, ein ganz besonderes Ereignis. Ein Geschehnis, welches deine Eltern seit langem sehnsüchtig erwartet haben. Und nicht nur sie, wir alle haben voller Freude darauf gewartet: Du wurdest geboren.

Einige Wochen zu früh und mit chirurgischer Hilfe, aber du warst da. Wir alle freuen uns und sind stolz auf Dich, einfach weil Du da bist.

Zwar musst Du noch einige Wochen im Krankenhaus verbringen, bis aus Deinen eintausendfünfhundertachzig Gramm zweitausendvierhundert geworden sind. Doch da Du spürst, dass Du herzlich willkommen bist – und wir sind ganz sicher, dass Du das spürst – wirst Du diese lumpigen achthundertzwanzig Gramm schon bald geschafft haben.

Streng Dich an, denn Du musst wissen, Dich erwartet ein Zuhause, in dem Du behütet, geborgen und glücklich sein wirst. Deine Eltern werden sich sehr viel Mühe geben, damit Du Deinen nicht ganz leichten Lebensstart schnell vergisst, denn sie lieben Dich sehr.

Wir alle lieben Dich, die Eltern Deiner Mutter, die vielen Verwandten, und alle Menschen, die Dich einmal kennen lernen, werden Dich mögen.

Liebe kleine Madita, steige mit Zuversicht in Dein junges Leben. Noch ist die Welt, die Dich umgibt, unendlich fremd. Doch schon bald werden die Konturen deutlicher. Du wirst Deine Eltern erkennen, sie anlächeln, und Dein Lächeln wird für sie etwas zutiefst Beglückendes sein. Irgendeinmal wirst Du auch uns und all die anderen kennen lernen. Du wirst Schritt für Schritt die Welt in ihrer großen, geheimnisvollen Vielfalt entdecken. Nach und nach wird Dir die Erkenntnis kommen, wie wunderbar das Leben ist.

Werde ganz schnell ein gesundes, fröhliches Mädchen und Du wirst sehen, es lohnt sich geboren zu werden.

Wir, Deine stolzen Großeltern, wünschen Dir und Deinen Eltern Gottes Segen und freuen uns darauf, Dich auf einem Stück Deines Lebensweges begleiten zu dürfen.

Viele liebe Grüße
Deine Großeltern

Viktoria

Schon oft bin ich diesen Weg gegangen. Bei klirrinder Kälte und Schneegestöber an Wintertagen. Im Frühling, wenn die Sonne allmählich höher stieg und die Lebensgeister der Natur erwachen ließ. In den Sommermonaten, so sich der stahlblauer Himmel über der Niederung wölbte. Auch scheute ich nicht den Weg, wenn im Herbst aus tiefhängenden Wolken heftige Regenfälle oder starke Winde die Luft erfrischten.

Abseits der Stadt liegt sie, diese wie eine Töpferscheibe glatte, von einem breiten Graben durchzogene fruchtbare Ebene. Im Frühsommer von vielfältigen Büschen, kleinen Hainen, üppigem Gras und wogenden Kornfeldern ganz in Grün getaucht.

Voller Liebreiz ist der Landstrich, Schwäne, Silbermöwen, Stockenten und Blesshühner sieht man hier. Auch mal ein Stück Rehwild oder einen Damhirsch am Rande der Gehölze. Auf den Weiden wohlgenährte, schwarzweiß gescheckte Rinder im knie hohen Gras, stolze Rosse mit ihren Füllen und blökende Schafe. Das alles habe ich schon oft gesehen, habe mich daran erfreut. Doch heute sollte es ganz anders kommen.

Es war ein strahlender Sonntagvormittag im auslaufenden Monat Juni. Ich machte einen Spaziergang mit Viktoria. Ein süßes, reizendes Mädchen. Hellblondes, kurzgeschnittenes Haar umrahmte ein hübsches Gesicht mit vollen Lippen, einer kleinen Stupsnase und hellgrau glänzenden Augen. Ein schlanker, graziöser Körper mit wohlgeformten Armen und Beinen. Um ehrlich zu sein, die Beine hätten ein wenig länger sein können, aber wirklich nur ein wenig. Zu recht war ich sehr stolz auf sie, das konnte ich an den Blicken der Leute, die uns begegneten, ermessen. Selbst mein guter Freund Dieter, der seinen Jagdhund ausführte, blickte während unseres kurzen Gesprächs immer wieder auf Viktoria. Vielleicht täuschte ich mich, aber ich meinte, in seinen Augenwinkel so etwas wie ein klein wenig Neid gesehen zu haben.

Viktoria sprang wie ein Rehkitz um mich herum. An allem was sie sah, war sie interessiert. So machte sie aus unserem Spaziergang eine Entdeckungssafari. Und wir entdeckten viel, sehr viel! Schon möglich, dass ich das alles vorher auch schon gesehen habe, aber innerlich wahrgenommen hatte ich es nicht.

„Guck mal!" sagte Viktoria und zeigte auf ein paar Marienkäfer, die auf dem schon ein wenig verstaubten Grün am Wegesrand hin und her krabbelten. Für mich war es zunächst nichts

14

ungewöhnliches. Marienkäfer, na ja. Doch Viktorias Begeisterung weckte auch mein Interesse, schon um sie nicht zu enttäuschen. Beim genauen Hinsehen entdeckten wir, wie diese Winzlinge eifrig hinter Blattläusen her waren. Hin und wieder hob der eine oder der andere seine schwarzgepunkteten, dunkelroten Deckflügel, braun-grau schimmernde Flugflügel quollen darunter hervor, und flugs schwirrte er davon.

Eine lange Zeit haben wir bei den Marienkäfern verbracht, bis Viktoria an einem hoch wucherndem Distelgestrüpp ein Spinnennetz entdeckte. An fünf Fangfäden hing, mit in allen Regenbogenfarben schillernden Tautropfen geperlt, das geometrisch formvollendete Radnetz. Viktoria war von dieser Naturerscheinung fasziniert. „Ist das schön", sagte sie und sah mich mit strahlenden Augen an. Sie ging ganz nah an das Spinnennetz heran. „Darf ich das mit nach Hause nehmen?" fragte sie. „Nein das geht leider nicht. Wenn wir das anfassen, wird es für immer zerstört und wir werden es nie wieder ansehen können" antwortete ich. „Aber schau mal da", sagte ich und zeigte auf eine Libelle, die nur wenige Schritte von uns entfernt, über dem Wasser zwischen hohem Schilf schwebte. Und wir hatten Glück. Ganz nahe setzte sich eine weitere Libelle auf einem Schilfhalm ab. Sehr deutlich konnten wir jetzt den großen Kopf mit den mächtigen Facettenaugen, die vier zitternden

Flügel und den langen, grünbraun leuchtenden Leib sehen. Im hellen Sonnenlicht glitzerten die ausgestreckten gläsernen, bläulich schimmernden Flügelpaare und der langgestreckter Rumpf. Es war ein wunderschöne Anblick. Leider flog sie schon bald davon. „Schade", sagte Viktoria und wandte sich wieder dem Spinnennetz zu.

Nun durchdrang die schon am Zenit stehende Sonne dieses schattige Plätzchen. Schon bald würden sich die Tautropfen auflösen. Würden kleiner und kleiner werden, dabei den Brechungswinkel ändern und die Regenbogenfarben wandern lassen.

Doch darauf zu warten, hatten wir keine Zeit. Viktoria hatte eine grüne Smaragd-Eidechse entdeckt. Mit schlängelnden Bewegungen huschte sie behend über einen Haufen sonnenerwärmter Feldsteine. Plötzlich verschwand sie in einem Spalt, um Augenblicke später in der nächsten Fuge, mit ihren lidlosen, runden Augen vorsichtig nach allen Seiten blickend, wieder aufzutauchen.

An diesem Tag haben wir noch vieles gesehen. Da waren Ameisen auf Hügeln aus Kiefernnadeln, die emsig hin und her eilten. Oder den Frosch, der am sumpfigen Grabenrand saß und mit klebriger Zunge auf Fliegen lauerte. Und viele, viele Arten von Schmetterlingen, die taumelnd über einem Meer von Feldblumen flatterten.

Viktoria war voller Wissensdrang. Wollte, dass ich ihr alles schildere, erkläre. Aus meiner Kinder- und Jugendzeit wusste ich noch einiges über dieses Getier, aber vieles war schon verblasst. So habe ich hier und da etwas erfunden und ihr ein wenig vorgeflunkert.

Zu Hause angekommen, sagte sie voller Bewunderung zu ihrer Mutter: „Mama, was Opa alles weiß!"

Etwas verlegen nahm ich mir vor, noch heute Abend im Brockhaus zu blättern, um mich für die nächste Entdeckungssafari mit meiner dreieinhalbjährigen Enkeltochter Viktoria kundig zu machen.

Das Geräusch

Wer von uns wird es je ergründen, wie ungeliebte Kinder in ihrem stillen Kummer unsagbar leiden. Voll unerfülltem, sehnsüchtigem Verlangen nach Liebkosungen, nach sanftem Streicheln oder nach dem Drücken an den mütterlichen Busen, wenn sie Schmerzen haben oder, von Träumen gepeinigt, weinend erwachen.

Nur diejenigen, die noch wissen, dass nichts auf dieser Welt Kinderschmerz mehr lindert, als das Drücken an den mütterlichen Busen, werden das unsägliche Begehren dieser Kinder nach führsorglicher Geborgenheit verstehen.

Vor langen Jahren kreuzte ein solches Kind meinen Weg.

Damals war ich gerade siebzehn Jahre alt und, wie alle Jungen im spätpubertären Alter, voller Drang und Erlebnishunger. Oft aber auch gedankenlos und unbesonnen. Das Leben in seiner ganzen Vielfalt lag noch vor mir. Ungeduldig fieberte ich dem Schulabschluss entgegen, um mich mit begehrlichem Wissensdrang in das Studium der Naturwissenschaften zu stürzen. Alle anderen Dinge um mich herum interessierten mich kaum. Dann, eines Tages, kam die Begegnung mit Laura. Dieses Geschehnis hat meine innere Befindlichkeit, wenn auch Anfangs eher unbewusst, in hohem Maße beeinflusst.

Ich kannte Laura bisher nur vom Sehen. Ein blasses Mädchen mit dünnen, staksigen Beinen, unnatürlich groß wirkenden Knien und den leicht schielenden, großen blauen Augen. Sie mochte zehn oder elf Jahre alt sein. Hatte strohiges, rötlich schimmerndes Haar und war um die Nase herum voller Sommersprossen.

Das sie immer alleine war, keine Spielfreunde hatte und von anderen gleichaltrigen Kindern gemieden und auch mal verprügelt wurde, hatte ich schon oft gehört und auch gesehen. Doch mir darüber Gedanken zu machen, lag mir bis dahin fern. Das Kinder sich hin und wieder prügelten, gehörte für mich zum Kindsein dazu, es war das normalste auf der Welt. Auch ich hatte mich früher oft mit Spielfreunden geprügelt, bin auch manchmal verhauen worden. Genau so selbstverständlich war es, dass mein älterer Bruder und meine Freunde auf meiner Seite standen, mir halfen und meine Mutter mit mir fühlte und mich tröstete. Das Laura von niemand Hilfe, oder gar Trost zu erwarten hatte, war im Dorf kein Geheimnis. Auch ich wusste davon, doch was kümmerte mich das schon.

Dieses arme Geschöpf war das fünfte Kind und einzige Tochter des Melkers Friedrich Schlott-mann. Wollte man den im Dorf kursierenden Gerüchten Glauben schenken, müsste man wohl sagen: Das fünfte Kind der Martha Schlottmann.

Gemunkelt wurde, dass Laura nicht das Blut Friedrichs in ihren Adern hatte, aber etwas Genaues wusste niemand.

Martha war gut anzusehen. Sie verkörperte den Typus einer offenherzigen ein wenig koketten Landschönheit. Im Gegensatz zu den meist ruhigen, zurückhaltenden Frauen im Dorf, die nur hinter vorgehaltener Hand über andere Leute herzogen, war sie aufgeschlossen und sehr redegewandt. Es gab einige Jugendliche im Dorf, die zu wissen glaubten, dass man mit ihr für einige wenige Mark ein angenehmes Schäferstündchen verbringen konnte.

Wenn ich mich zurückerinnere, muss ich eingestehen, dass auch ich hin und wieder von ihr geschwärmt habe. Die paar Mark hätte ich schon aufbringen können, nur den Mut hatte ich damals noch nicht.

Wie oft in solchen Fällen, schien Friedrich von alldem nichts zu ahnen. Ohne es jemals in den Mund zu nehmen, war dieser fleißige, ruhige und gottesfürchtige Mann stolz auf seine fünfzehn Jahre jüngere hübsche Frau. Stolz auf ihre üppigen braunen Haare, ihre dunklen strahlenden Augen und der wohlgeformten Figur, der keine Veränderungen durch das Alter und die Schwangerschaften anzusehen war. Welcher Arbeiter hatte schon eine solche Frau vorzuweisen.

Sie war fleißig, hielt auf Sauberkeit, sorgte sich um ihre Kinder und verdiente bei der sommerlichen Feldarbeit noch einiges hinzu. Nur Laura gegenüber verhielt sie sich andersartig. Korrekt zwar, aber ohne jedweder Zuneigung. So, wie man sich höflichkeitshalber gegenüber einem unwillkommenen Gast verhält.

Friedrich blieb dieses seltsame Verhalten seiner Frau nicht verborgen. Doch mit ihr darüber zu sprechen, war nicht seine Wesensart. Laura war von Anfang an sein Lieblingskind. Mit ihr verbrachte er jede freie Minute. Als sie noch nicht zur Schule ging, hatte er sie oft mit zur Arbeit genommen, ihr gezeigt, was es alles auf dem Gut zu sehen gab. Als sie fünf Jahre alt war, durfte sie sogar bei der Heu- und Kornernte auf einem Zugpferd mitreiten. Das Zugpferd Lotte war seitdem ihr Lieblingspferd.

Das diese besondere Zuneigung die Neidgefühle bei Lauras Brüdern weckte, worunter das Mädchen in seiner Abwesenheit zu leiden hatte, bemerkte er nicht. Laura liebte ihren Vater über alles. All das war im Dorf bekannt. Doch die Leute hatten ihre eigenen Probleme und was soll's, sollten sie doch sehen, wie sie miteinander zurechtkamen.

Eines Tages, es war Ende Juni und die Heuernte auf dem Höhepunkt. Ich saß voller Unlust, über meinen Bücher gebeugt. Dr. Linau, den ich ohnehin nicht leiden konnte, hatte mir eine Abhandlung zu Thema „Der Einfluss des Marcus

Tullius Cicero auf die römische Kunstprosa" aufs Auge gedrückt. Und das eine Woche vor den Sommerferien. Reine Schikane war es von ihm. Er kannte meine Schwächen. Sicher wollte er mich einmal mehr vor der Klassen bloßstellen.

Es war ein sehr heißer Tag. Durch das geöffnete Fenster strömte der Duft gemähten Grases und frischen Heus. Ich atmete tief durch und schaute nach draußen Wie viel lieber wäre ich jetzt draußen bei der Arbeit auf den Wiesen, stattdessen musste ich mich mit Cicero rumplagen.

In meinem Blickfeld lag auf der linken Seite die große Scheune. Direkt unterhalb des Fensters Mutters Gemüsegarten. Dahinter das inzwischen schon verblühte Rapsfeld. Rechts zog sich die Kastanienallee durch die Felder. Unser Hof stand auf einer kleinen Anhöhe am Rande des Dorfes. Hier von der ersten Etage konnte man weit über die leicht hügelige Landschaft blicken. Um diese Jahreszeit, in der die Weiden und Kornfelder noch ein frisches, sattes Grün hatten, war es ein unnachahmliches Panorama.

Plötzlich nahm ich Brandgeruch wahr. Aus dem Fenster blickend, sah ich hinter unserer Scheune Rauch aufsteigen.

So schnell ich konnte, sprang ich die Treppen herunter, rannte durch die Diele vorbei an den Stallungen über den Hof, durch die geöffneten Tore der Scheune in den Obstgarten dahinter.

Dort sah ich die kleine Laura Schlottmann wie sie versuchte, mit einem Ast das Feuer auszulöschen. Da sonst niemand in der Nähe war, musste sie den Haufen Unrat aus vertrockneten Gras und Holzspänen angezündet haben. Es war nur ein kleiner Brandherd, doch durch das Draufschlagen sprühten die Funken und wurden von der leichten Brise bis nahe der Scheune getragen.

„Was machst du da, du bist wohl von allen guten Geistern verlassen, du blöde Göre", schrie ich die Kleine wütend an. Erschrocken drehte sie sich um, fuhr zusammen und lief dann, so schnell es ihre dünnen nackten Beine zuließen, in Richtung des Stacheldrahtzaunes. Bei dem Versuch zwischen den Drähten hindurchzuschlüpfen, blieb sie zwischen den spitzen Stacheln   hängen.

Ich trat vorsichtig das Feuer aus, darauf achtend, dass es nicht zum Funkenflug kam und schrie voller Schadenfreude höhnisch zu ihr rüber: „Hast selber Schuld, du kannst dir von mir aus den Hintern aufreißen und die ganze Nacht da hängen bleiben."

Als das Feuer gelöscht war, beugte ich mich, riss eine handvoll Gras aus dem Boden und begann damit die Asche von meinen Schuhen zu wischen. Dabei fiel mein Blick auf das Mädchen. Erst jetzt bemerkte ich, dass sie an beiden Beinen und am rechten Arm blutete. Etwas verstört ging ich auf sie zu. Sie hing mit dem Kopf nach unten zwischen den scharfkantigen Drähten, in denen sich ihr Kleid verfangen hatte. Die Beine und ein Arm waren von den spitzen Stacheln an mehreren Stellen aufgerissen.

Ich bekam einen Riesenschreck, gleichwohl empfand ich noch kein Mitgefühl. Es war nur die Angst, dass ihr etwas Schlimmes zugestoßen sein könnte, welches ich zu verantworten hätte. Meine Furcht beschränkte sich darauf, für etwas gerade stehen zu müssen, dessen Ursache in ihrem Verhalten lag. Das steigerte noch mehr meinen Unmut. Doch helfen musste ich, wiewohl mit Widerwillen.

Als ich mich ihr jetzt, verärgert und voller Misstrauen, auf wenige Schritte genähert hatte, sah ich, dass sie am ganzen Körper zitterte. Sie gab keinen Laut von sich, hatte keine Tränen in den Augen. Wäre das Zittern nicht gewesen, hätte man glauben können, ihr Körper hinge leblos im Stacheldraht. Dabei musste sie große Schmerzen haben.

Und dann sah sie mich von unten her an. Ich kann heute nur schwerlich wiedergeben, was mir damals diese Blicke sagten, obwohl ich mich daran erinnere, als wäre es gestern gewesen. Es war nichts Panisches in ihren Augen, wohl Ängstlichkeit, aber das war es nicht, das meine Hartherzigkeit ins Wanken brachte und mich in meinem Innersten erschütterte. Es war die anklagende Traurigkeit einer vom Leben geschundenen Kreatur. Plötzlich, als würde man mir die

Binde der Blindheit von den Augen reißen, wurde mir bewusst, dass in diesen Augen sich die stumme Qual ihrer Seele widerspiegelte.

Scham befiel mich, Mitgefühl und eine Art Besorgnis. Wahrscheinlich nur ahnend und erst später begreifend, kam mir die Erkenntnis, die mich in meinem ganzen Leben begleiten sollte: Nur die Fähigkeit des Mitfühlens, frei von jeder Ichbefangenheit, lässt den sittlichen Anspruch auf Achtung vor uns selbst zu.

Ich beugte mich zu ihr herunter. „Hab keine Angst und bleib ganz ruhig", sagte ich, „ich werde dir helfen." Behutsam begann ich, sie aus ihrer Lage zu befreien. Nachdem ich sie aus ihrer misslichen Lage erlöst hatte, stand sie vor mir den Blick auf den Boden gerichtet. Plötzlich hatte ich ein ungutes Gefühl. Was wäre, wenn sie jetzt davonlaufen und mir die Chance, meine Reue und mein Mitgefühl zeigen zu können, nehmen würde? Ich muss mit ihr reden, dachte ich.

„Tut es dir sehr weh?", fragte ich leise. Sie schüttelte ihren Kopf, ohne aufzublicken. „Komm", sagte ich und fasste sie an die Hand, „ich werde dir das Blut abwaschen und die Wunden verbinden." Schweigend gingen wir ins Haus. In der Küche setzte ich sie auf die Bank, stellte den Wasserkessel auf den Herd, legte Holz auf die noch vorhandene Glut und holte das Verbandszeug. Laura saß die ganze Zeit über in eine Art Lethargie da und schaute auf den Boden.

Nachdem das Wasser erwärmt war, goss ich es in eine Schüssel, hockte mich vor ihr hin und begann ihre Wunden mit angefeuchtetem Mull abzutupfen. Aus den Augenwinkeln konnte ich sehen, dass sie mich hin und wieder zaghaft ansah. „Schau mal Laura, jetzt sieht es schon nicht mehr so schlimm aus. Das eine Bein werde ich dir verbinden, alles andere kleben wir mit Pflaster zu", sprach ich beruhigend auf sie ein. Als alle Wunden versorgt waren, blickte sie zum ersten mal auf und sagte: „Danke." Ich setzte mich zu ihr auf die Bank, strich ihr leicht über das zottelige Harr und sah sie von oben an. Sie aus dieser Nähe betrachtend stellte ich fest, dass sie ein niedliches Kindergesicht hatte. Die langen, nach oben gebogenen Augenwimpern, die Nase mit den Sommersprossen herum und ihr blasser Teint. Ich hatte sie bisher immer für ein unansehnliches Kind gehalten.

Dann begann ich auf sie einzureden: „Ich wollte nicht, dass du dir weh tust, aber das Feuer war sehr gefährlich. Die Scheune hätte abbrennen können, ja, vielleicht sogar der ganze Hof. Kinder dürfen niemals mit Streichhölzern spielen. Woher hast du eigentlich die Streichhölzer?" „Ich habe keine Streichhölzer, ich habe mit dem Brennglas gespielt", antwortete sie leise. „Wo hast du das Brennglas, zeig es mir." „Ich habe es verloren. Vielleicht liegt es noch bei dem Feuer. Soll ich es suchen?" fragte sie. „Ja, und wenn du es findest bring es mir, inzwischen räume ich die Küche auf." Sie lief humpelnd hinaus. Schon bald kam sie mit dem Brennglas in der Hand zurück. Es war eine rote Sammellinse, wie man sie als Rückstrahler an Fahrrädern benutzt. Ich nahm ihr die Linse aus der Hand und steckte sie in meine Tasche. „Das Brennglas werde ich behalten, nicht dass so etwas noch einmal passiert", sagte ich. Laura sah mich kurz an, um dann wieder auf den Boden zu schauen, und diesmal sah ich Angst in ihren Augen. „Was ist Laura?" Sie fing leise an zu schluchzen. „Das Brennglas gehört meinen Bruder Erich. Wenn ich es ihm nicht zurückbringe, verprügelt er mich wieder"; antwortete sie. „Nein, das darf er nicht tun", sagte ich und reichte ihr die Linse. Mit offensichtlich großer Erleichterung blickte sie mich an. „Danke, ich werde auch nie wieder damit spielen", versprach sie. „Und ich werde von dem Feuer niemanden etwas erzählen, du brauchst deshalb keine Angst haben und jetzt komm", sagte ich und fasste sie an die Hand.

Wir gingen durch die Diele nach draußen. Auf einmal blieb Laura stehen. Ich blickte auf sie herab und dann sah ich es. Laura hatte unsere Hauskatze Elsa entdeckt. Elsa hatte fünf Junge geworfen, zwei davon hat man ihr gelassen. Jetzt, nach zehn Tagen, waren die Augen der Jungen schon frei, und Elsa führte sie wohl das erste Mal aus.

Ich sah wie Lauras Augen beim Anblick der Kätzchen glänzend wurden. „Na, die Kätzchen gefallen dir, was." Laura sah mich an: „Ja, sehr." „Wenn du es möchtest, darfst du mit ihnen spielen. Streichle zuerst Elsa damit sie spürt, dass du ihren Jungen nichts Böses tust." Sie ging in die Hocke und streichelte erst Elsa und dann die Jungen. Auch ich ging in die Hocke. „Ich muss jetzt wieder an meine Schularbeit, tschüß", sagte er und reichte ihr die Hand. „Wie lange darf ich mit den Kätzchen spielen", fragte sie. „So lange du möchtest und du darfst auch jeden Tag wiederkommen", antwortete ich. „Danke Martin", sagte sie, zum erstenmal meinen Namen aussprechend.

Ich ging auf mein Zimmer, doch konnte ich mich auf Cicero nicht mehr konzentrieren. Ich legte mich aufs Bett und dachte über das Erlebte nach. Sie ist ein ängstliches, aber nettes und höfliches Mädchen. Für einen Augenblick kam mir der Gedanke: wenn sie meine Schwester wäre, dann würde ich mich um sie kümmern und dafür sorgen, dass ihr niemand etwas Boshaftes antut.

Irgendwann kamen meine Eltern mit ihren Leuten aus den Wiesen zurück. Ich hörte unseren Trecker auf den Hof fahren und etwas später den Hufschlag unseres Gespanns. Kurz darauf das Geklapper der Milchkannen. Bis zum Abendessen hatte ich jetzt noch eine Stunde Zeit. Das Abendessen gab es immer erst, wenn unsere

Leute von der Melkweide zurückkamen. Daher machte ich mich wieder über Cicero her.

Am nächsten Tag. Ich kam mit dem Vierzehnuhrbus zufrieden von der Schule. Dr. Linau hatte mein Referat als recht brauchbar eingestuft. Anscheinend hebt die Vorfreude auf die Sommerferien nicht nur die Stimmung der Schüler. Auch das Seelenleben der Pauker wird offensichtlich durch die Erwartung auf den überlangen Urlaub merklich toleranter. Als ich aus dem Bus stieg, sah ich Laura in respektvoller Entfernung von der Haltestelle auf einer Mauer sitzen. Aber immer, wenn ich zu ihr sah, schaute sie auf den Boden. Wenn ich so tat als wenn ich in eine andere Richtung blickte, sah ich aus den Augenwinkeln, dass sie zu mir herüber schaute. Ich ging etwas auf sie zu und sprach sie an: „Guten Tag Laura, wie geht es dir heute?" „Gut", sagte sie, „es tut gar nicht mehr weh."
„Siehst du, so arg schlimm war es nicht. Was hat deine Mutter zu dem zerrissenen Kleid gesagt, hat sie mit dir geschimpft?" „Nein", antwortete sie, „sie hat nur gesagt, ich soll besser aufpassen." Mir kam eine Idee. „Möchtest du unsere Kätzchen besuchen?" Sie nickte, „dann komm". Sagte ich.

Von dem Tage an holte sie mich bis zum Ferienbeginn und danach das ganze nächste

Schuljahr an jedem Schultag von der Haltestelle ab. Immer lief sie neben mir her und erzählte, immer zu mir aufschauend, was sie so alles erlebt hatte. Einmal ist sie dabei gestolpert und hingefallen. Seitdem habe ich sie an die Hand genommen. So entstand zwischen uns etwas wie eine enge Geschwisterfreundschaft.

Als sie mich am Tage drauf wieder von der Haltestelle abholte, fragte ich sie: „Wie war es denn heute in der Schule?" „Heute durfte ich der Klasse wieder etwas vorlesen. Fräulein Elze sagt, dass ich gut vorlesen kann." „Das ist ja toll", lobte ich sie. „Was hast du denn vorgelesen?" „Das Märchen: Die Prinzessin auf der Erbse, kennst du das Märchen?" „Ja, ich kenne es. Wir haben es damals auch gelesen. Du gehst sicher gern zur Schule oder?" Laura sah mich strahlend an, „ja, sehr gern. Fräulein Elze ist immer sehr freundlich zu mir.

Dann, am letzten Schultag vor den Ferien gab es die Zeugnisse. Als ich am Nachmittag aus dem Bus ausstieg, kam Laura mit einem Stück weißen Papier auf mich zugelaufen. „Das ist mein Zeugnis, möchtest du es sehen?" „Gern, wenn du es mir zeigst." Es war ein sehr gutes Zeugnis. Sie hatte in Deutsch, Geschichte, Religion und im Verhalten in der Schule ein Sehr Gut. Im Rechnen und Schrift ein Gut, nur im Sport eine Vier.

„Mensch Laura, das ist ja ein ganz tolles Zeugnis, viel besser als meines. Ich gratuliere dir", sagte ich und reichte ihr die Hand. Lauras Augen glänzten. So glückliche Blicke hatte ich bei ihr noch nicht gesehen. „Ich bin richtig stolz auf dich und deine Mutter sicher auch." Auf einmal hatte sie einen ganz anderen Gesichtsausdruck. „Meine Mama hat sich das Zeugnis gar nicht richtig angesehen, sie hat nur gesagt, ich soll es heute Abend meinem Papa zeigen." Ich konnte die Enttäuschung aus ihrer Stimme heraushören.. „Du wirst sehen, wie stolz dein Papa auf dich sein wird. Vielleicht hatte deine Mutter keine Zeit um sich das Zeugnis richtig anzusehen. Du kannst ganz sicher sein, wenn dein Vater ihr das heute abends genau erklärt, werden beide stolz auf ihre Tochter sein", redete ich auf sie ein. Dann verabschiedeten wir uns.

In den Sommerferien musste ich viel auf den Feldern arbeiten. Wir sahen uns nicht mehr so oft. An einem Wochenende, ich wollte zum Baden, fuhr ich auf dem Weg zur Badekuhle mit dem Fahrrad durchs Dorf. Da sah ich sie vor ihrem Haus auf der Mauer sitzen.

„Hallo Laura, ich fahre zum Baden, möchtest du mit?" fragte ich. „Ja, gern", sagte sie. „Dann gehe und frage deine Mutter, ob du mit darfst und hole deine Badehose." Sie sah mich an. „Ich habe keine Badehose." „Du hast doch eine Turnhose", sagte ich, „das geht auch." Sie nickte und lief ins Haus. Schon bald kam sie, mit einer Turnhose in der Hand, zurück. Ihre Mutter kam hinterher. „Ich finde es sehr nett von dir Martin, dass du die Kleine mitnimmst. Aber pass gut auf sie auf, sie kann nicht schwimmen." „Machen Sie sich keine Sorgen Frau Schlottmann, ich werde schon aufpassen", antwortete ich und fügte hinzu, „schließlich sind wir ja gute Freunde." Laura sah mich überrascht an, dann strahlte sie. An ihre Mutter gewandt sagte sie: „Ja Mama, das stimmt."

„Dann fahrt mal los, ihr Freunde", sagte Frau Schlottmann und ich fand, es klang irgendwie ironisch.

Von dem Tag an nahm ich Laura, immer wenn ich zum Baden fuhr, mit. Aus einem alten Fahrradschlauch habe ich ihr einen Schwimmgürtel gebastelt und ihr eine Badehose aus meiner Kindheit geschenkt. Und noch bevor die Sommerferien zu Ende waren, konnte sie schwimmen.

Natürlich war an der Badekuhle immer sehr viel los. Laura hielt sich stets an meiner Seite. Sie störte nicht und mischte sich in keine Gespräche ein. Eigentlich sprach sie nur mit mir, wenn wir alleine waren.

Nach dem Schulbeginn nahm sie ihren Abholdienst wieder auf. Ich freute mich immer, wenn ich sie sah

An einem Wintertag, ich erinnere mich noch sehr gut daran, kam Laura nicht, um mich abzuholen. Ich war damals sehr enttäuscht. Als sie am nächsten Tag auch nicht erschien, nahm ich all meinen Mut zusammen und ging zu Frau Schlottmann. Von *ihr* erfuhr *ich*, dass Laura eine Grippe hatte. Ich fragte sie, ob ich Laura am Nachmittag besuchen dürfe und sie stimmte zu. Ich brachte ihr zwei Apfelsinen, eine Tüte Bonbons und eine Flasche Apfelsaft mit. Laura sah schrecklich aus, ich konnte nicht anders, ich musste sie in meine Arme nehmen. Von da an besuchte ich sie jeden Tag, bis sie wieder gesund war.

Einige Wochen später. Eines Tages sagte meine Mutter zu mir: „Die Laura holt dich jeden Tag vom Bus ab, bring sie doch mit zum Mittagessen. Ab morgen stelle ich zwei Portionen in die Bratröhre." In der Nachkriegszeit war das Essen, ausser auf den Bauernhöfen, überall knapp. Am Tag darauf überraschte mich Laura mit einer Schielbrille. „Fräulein Elze hat zu meiner Mama gesagt, ich muss so eine Brille tragen, dann werden meine Augen wieder gesund", sagte sie und sah mich mit dem einen Auge fragend an.
„Das finde ich ganz toll.Bestimmt werden deine Augen wieder gesund." „Aber die Kinder ärgern mich jetzt noch viel mehr. Sie sagen, ich bin eine Schieleule." „Du musst dir nichts dabei denken, die sind doch alle blöd. Erstens bist du keine

Eule und schielen tust du auch nicht. Du hast zwar einen kleinen Sehfehler, aber das ist doch kein Schielen." Sie blickte dankbar zu mir empor.

„Ich habe für dich auch eine Überraschung. Meine Mutter stellt ab heute auch ein Essen für dich zurück. So muss ich nicht immer alleine essen. Freust du dich?" „Ja, aber ich habe Angst", sagte sie zögerlich. „Du brauchst keine Angst zu haben. Meistens bin ich sowieso allein in der Küche und außerdem, ich bin doch immer dabei. Und wir hatten Glück, es war tatsächlich niemand in der Küche.

Nach und nach gewöhnte sie sich an unseren gemeinsamen Mittagstisch. Sie gewöhnte sich an meine Eltern und an meinen Bruder und sie gewöhnte sich an unser Personal. So vergingen die Monate. Laura ging inzwischen in unserem Haus ein und aus, half meiner Mutter in der Küche oder im Garten, so gut sie es konnte. Doch am liebsten war sie in meiner Nähe.

Im Dorf waren wir eine angesehene Familie. Eine Bekanntschaft oder gar eine Freundschaft mit uns hob auch das Ansehen derer, die von uns akzeptiert wurden.

Offensichtlich entwickeln auch schon kleine Kinder einen ausgereiften Instinkt, der sie dazu bewegt, ihre Verhaltensweisen bestimmten Gegebenheiten anzupassen. Für Laura war dieser Tatbestand ein Segen. Von da an wurde sie von ihren

Brüdern und den Kindern des Dorfes mit neidischem Respekt behandelt.

Nach dem Abitur, ich hatte einen respektablen Abschluss geschafft und mein Vater war sehr stolz auf mich, hatte ich noch drei Monate bis zum Studienbeginn. Inzwischen hatte es die Währungsreform gegeben, man konnte schon fast alles kaufen, nur das Geld war sehr knapp. Die hundert Mark, die ich zum Schulabschluss von meinem Vater bekam, waren daher eine Menge Geld. Für zwölf oder fünfzehn Mark kaufte ich eine neue Bereifung für mein Kinderfahrrad, das ich Laura zu ihrem zwölften Geburtstag schenkte.

Wenn ich heute zurückdenke, glaube ich sagen zu dürfen, dass es für sie vielleicht das schönste Geschenk war, das sie je bekommen hatte. Das Radfahren übten wir gemeinsam. Schon nach wenigen Tagen konnte sie, wenn auch noch unsicher, alleine fahren. Das Fahrrad – es war damals das einzige Kinderfahrrad im Dorf – hatte sie zu der begehrtesten Freundin aller Kinder des Dorfes gemacht.

Immer, wenn ich Zeit hatte, radelten wir gemeinsam durch die Felder oder zum Baden. An einem Sonntagnachmittag waren wir sogar im Kino in der Stadt.

Zum ersten Mal in ihrem Leben hatte Laura einen Film gesehen und konnte gar nicht begreifen, wie so etwas möglich ist. Ich habe versucht, es ihr zu erklären und wie immer, hat sie es mir geglaubt.

Ich war mir aber nicht sicher, ob sie es verstanden hat, denn noch Wochen später hat sie mich gebeten, es ihr noch einmal zu erklären.

Nach dem Kinobesuch haben wir uns ein Eis geleistet. Auch das war für sie etwas Erstmaliges.

Ich fühlte mich zu ihr sehr hingezogen und wurde hin und wieder von meinen gleichaltrigen Freunden veräppelt. Selbst mein älterer Bruder Walter, nannte mich, wenn ich ihn verärgert hatte: Lauras Liebling.

Natürlich hatte ich auch andere Interessen. Auch eine Freundin im Nachbarort. Einmal hatten wir uns an der Badekuhle gemeinsam getroffen. Ich merkte sofort, dass meine Freundin - Ingrid - Laura nicht mochte. Ich weiß heute nicht mehr, ob das so eine Art Eifersucht war. Aber eins weiß ich, das war für mich der Grund die Freundschaft mit Ingrid aufzugeben.

In diesen drei Monaten des Jahres 1949 haben Laura und ich die schönste Zeit unserer Gemeinsamkeit verbracht. Dann, im Oktober, ging ich an die Rheinisch-Westfälische-Technische Hochschule in Aachen.

Wir sahen uns nur noch in den Semesterferien. Zwar korrespondierten wir miteinander und ich sprach jeden Sonntag um elf Uhr, wenn ich meine Eltern anrief, mit ihr, aber es war nicht das Gleiche.

Um es deutlich zu sagen, ich vermisste sie und sie mich noch viel mehr, wie ich es aus ihren Briefen herauslesen konnte.

Zweieinhalb Jahre später. Es war Frühling und ich kam von einer Vorlesung zurück. Als ich das Haus betrat, kam mir Frau Schmitz, meine Vermieterin schon entgegen und reichte mir einen Telegrammumschlag.
Was sie zu mir sagte, hörte ich nicht mehr. Mich hatte eine ahnende Bangigkeit erfasst. Mit zitternden Händen öffnete ich den Umschlag. Im Telegramm stand: + laura bei einem autounfall tödlich verunglückt + beisetzung am donnerstag + bitte komm + mutter +

Was in den nächsten Tagen geschah, erlebte ich in einem schwermütigen Dämmerzustand. Die Bahnfahrt durch halb Deutschland, das Zuhausesein bei der Familie, die Totenandacht in der kleinen Kapelle, den Weg im Nieselregen zum offenen Grab, das Vaterunser an ihrem Grab.

Nur eines hat sich in meinem Gedächtnis für immer festgesetzt. – Das GERÄUSCH –
Als ich die Schaufel feuchten Sandes auf ihren Sarg schüttete, drang dieses hohle, dumpfe Geräusch aus der Tiefe der Gruft und gab mir die unerbittliche Gewissheit, dass dies ein entgültiger Abschied war. Alles was sich in den letzten

Tagen in meinem Inneren aufgestaut hatte, ergoss sich jetzt aus meinen Augen.

Sehr viel später, mein Vater war verstorben, ich war glücklich verheiratet, unsere Kinder waren schon acht und zehn Jahre alt, erfuhr ich von meiner Mutter, dass Herr Schlottmann und ich die einzigen waren, die an Lauras Grab geweint hätten... und das Laura meine Halbschwester gewesen sei.

Der Talisman

Weit abseits des Dorfes, zwischen den Ausläufern des großen Waldgebietes, dort am Fuße des Riesengebirges, lag die kleine Waldarbeitersiedlung. Etwa ein halbes Duzend schiefwinklige Katen, an einem ausgefahrenen Schotterweg gelegen, von hohen Tannen halb verdeckt. An jedem Haus angelehnt, ein kleiner Viehstall. Schweine wurden hier gehalten und Ziegen, Hühner, Enten und Gänse. Hinter den Anwesen großangelegte schmucklose Gemüsegärten, abgegrenzt mit einfachen, von wucherndem Unkraut durch wachsenen Zäunen aus Baumwurzeln und Ästen. Eine friedlich stimmende ländliche Idylle mit noch allseits unverfälschte Fauna und Flora.

In den mit grünem Moos bewachsenen grauen Strohdächern nisteten Sperling und Bachstelze. Unter den Dachüberhängen brütete die Schwalbe in kunstvoll gebauten Muldennestern. Mäuse und Raten gab es hier. Wiesel und Marder waren ebenso anzutreffen wie Fuchs und Dachs. Um dieses Raubzeug kurz zu halten, gehörten Hund und Katze in jedes Haus.

Die Waldarbeiterfamilien führten, von der Dorf-
gemeinschaft fast völlig isoliert, ein hartes,
bescheidenes Leben. Das Wasser musste von der
nahe dem Forsthaus stehenden Schwengelpumpe
herangetragen werden. Gekocht wurde auf mit
Reisig beheizten gusseisernen Herden. In den
Wintermonaten spendeten Petroleumlampen und
Kienspan ihr flackerndes, gelblichfahles Licht.
Trotz allem, die hier lebenden Menschen waren
auf ihre Art zufrieden. Sie gingen fleißig ihrer
Arbeit nach, sorgten sich gutherzig um ihre
Kinder; scheue, einfache Leute, die in ihrer
Bescheidenheit keine großen Ansprüche an das
Leben stellten.
Mit dem aus Naturalien bestehenden Deputat des
Gutes, der eigenen Viehhaltung und ihrem Gemü-
seanbau konnten sie in der Zeit des ersten
Weltkrieges, in der viele Menschen hungerten,
recht gut leben.
Mit Esswaren ließ sich nahezu alles eintauschen.
Selbst die Schulnoten der Kinder wurden, wenn
es nötig war, damit aufgebessert. So lebte man
hier nach überkommenen Regeln, ohne dass etwas Außergewöhnliches geschah. Wäre da nicht
der Aberglaube gewesen.
Dieser Wunderglaube war in jener Zeit in
bestimmten Schichten, insbesondere in der abgelegenen ländlichen Bevölkerung, noch weit
verbreitet.

Die Gläubigkeit an Fabelwesen, Wahrsagerei, Zauberei und an Luzifers teuflisches Wirken hielt sich zäh neben halbsakralen, okkultistischen Ritualen. Abgeleitet aus einer tiefverwurzelten, mit dem Aberglauben eng verbundenen Religiosität. Eine Art Konglomerat aus christlichem Glauben und einem von Generation zu Generation fortvererbten Zweig von Schamanismus.

Das Symbole, Talismane und Riten magischen Schutz vor Dämonen, bösen Geistern, Krankheiten und Unglücksschlägen böten, war ein bestimmendes Signum im Leben dieser Menschen.

An den langen Winterabenden erzählten die Alten, bei halbdunklem Licht des knisternden Kienspans, gruselige Geschichten. Gnomen kamen darin vor und Kobolde, Nixen und Elfen, aber auch Geister, Hexen und Luzifer. Und immer wieder der Berggeist Rübezahl. Auch wurde von überlieferten Ereignissen erzählt. Vom Erscheinen der heiligen Gottesmutter Maria und des Erzengels Michael.

Geheimnisvolle Fantasiegeschichten die auf das Seelenleben nicht ohne Wirkung blieben und den Wunderglauben weiterhegten. Die Folge war, dass ganz alltägliche Geschehnisse mit Geisterwesen in Verbindung gebracht wurden.

Bei Gewittern, wenn die grellweißen Blitze mit ihren Verästellungen wie flammende Ungeheuer furchterregend aus den dunklen Wolken zuckten, das grollende Krachen des Donners im Gefolge, schob man verängstigt mit Weihwasser benetztem Reisig in den Herd. Man war sich sehr sicher, dass der im Kamin aufsteigende geweihte Rauch das Heim vor dem heidnischen Gewittergott Thor schütze.

Ein untrügliches Omen, dass Gevatter Tod die Familie heimsuchen wolle, war der Ruf der Eule. Dann, wenn der als Totenvogel bekannte Steinkauz in der Dämmerung vom Dach der eigenen Behausung seinen unheimlich, schauerlichen Lockruf „Komm mit, komm mit" schrie. So ein Geschehen lastete wie ein beklemmender Albdruck auf die betroffenen Menschen. Erst nach drei Wochen, in denen täglich dreimal der Rosenkranz gebetet wurde, durfte man wieder aufatmen.

Und dann gab es da noch die alte Kräuterhexe Tekla. Tekla Nobotzka lebte in der kleinsten von der Siedlung etwas abgelegenen Kate.

Damals, vor elf Jahren, als der Schäfer Nobotzki verstarb und in dem Witwenhaus des Dorfes alle Räume belegt waren, hatte der Gutsherr sie hier unterbringen lassen.

Aus familiärer Überlieferung war Tekla des Besprechens mächtig. Hinzu kam, dass sie Kräuter sammelte, Beeren, Blätter und Wurzeln vielerlei Art. Wie man sich erzählte, wurden diese unter Beschwörungsformeln und Zaubersprüchen getrocknet, gemahlen und gekocht. Diese Kräuterelixiere zeigten für Mensch und Tier gleichsam heilkräftige Wirkung.

Erkrankte ein Tier, rief man Tekla. War jemand von Ekzemen befallen, von Warzen oder der Gürtelrose, ging er heimlich im Schutze der Dunkelheit zu Tekla, um sich nach den alten Regeln besprechen zu lassen.

Doch hatte man mit ihr zu tun, war es ratsam, einen Talisman am Körper zu tragen. Dieser bestand aus einem kleinen dreieckigen schwarzen Tuch, in dem eine große Stopfnadel mit abgebrochener Spitze steckte.

Niemand kannte so recht die Bedeutung des Talismans, aber man war überzeugt, dass dessen Fluidum bösen Geistern den Zugang zum eigenen Leib verwehrte.

So erging es auch Josef, dem aufgeweckten Sohn des Heinrich Scholz. Der vierzehnjährige Josef war an beiden Händen stark von Warzen befallen. Von den Kindern wurde er gehänselt, gedemütigt und war als Warzenkönig verschrien. Für die Empfindungen des Jungen wurde diese Plage immer widriger. Zu den unbewussten pubertären Problemen kam das Gefühl ein Sonderling zu sein. Ein Aussätziger, untauglich für ein normales Leben, minderwertig, eben der Warzenkönig.

Seine Mutter betrachtete das schwindende Selbstbewusstsein des Jungen mit großer Besorgnis. Es musste etwas geschehen. So bat sie, nach langem Zögern, Tekla ihren Sohn zu besprechen.

Eines Tages war es so weit. Mit dem Talisman an einer langen Schnur um den Hals machte er sich voller Beklemmung auf den Weg zu Tekla. Die Kräuterhexe hatte ihn schon erwartet. Wortlos schob sie ihn in die kleine halbdunkle Wohnstube. Drinnen drückte sie ihn auf einen Schemel vor einem schwarz gedeckten Tisch, auf dem aus Zweigen ein kleines Pentagramm gelegt war. Josef spürte wie ihm heiß und kalt wurde. In dieser dämmrigen, von Pflanzengerüchen erfüllten Enge fühlte er sich der Hexe hilflos ausgeliefert. Gott sei Dank hatte er seinen Talisman am Körper.

Tekla, immer noch schweigend, nahm ein Schälchen, stellte es in das Pentagramm und zündete den Inhalt an. Sogleich strömte ein balsamisch duftender Rauch auf, der bald den engen Raum erfüllte.

Dann nahm sie einen kräftigen Schluck aus einer dickbauchigen Karaffe. Plötzlich neigte sie sich weit über den Tisch, ergriff die Hände des Jungen und legte sie mit den Handflächen auf das schwarze Tuch. Dann strich sie leicht über die Warzen. Unversehens begann sie mit einem unverständlichen Beschwörungsgemurmel und streute dabei ein gelbes Pulver auf seine Hände. Darauf legte sie feuchtwarme Blätter.

In den nächsten Minuten tat sich nichts. Nur das monotone, leise Gemurmel Teklas und der weihrauchähnliche Geruch erfüllte den Raum. Anschließend wurden die Warzen mit einer graugrünen Salbe bestrichen. Einen kleinen Klumpen drückte sie Josef in die Hand und jetzt sprach sie ihn zum ersten Mal an: „Zweimal am Tag, hörst du, zweimal, einmal morgens und einmal abends musst du die Warzen damit einreiben. In zwei Tagen werde ich dich wieder besprechen und zwei Tage darauf noch einmal. Und sprich mit niemanden darüber, mit niemanden. Hörst du! Auch nicht mit deiner Mutter. Hältst du dich nicht daran, wirst du deine Warzen niemals los, niemals! Hast du das verstanden? Und jetzt geh", sagte sie. Josef nickte nur und war heilfroh, das Haus verlassen zu dürfen.

Nach zwei Tagen ging er wieder zu Tekla und noch zwei Tage später wieder. Und bei jedem Besuch nahm die Furcht vor ihr ein wenig ab.

Als sie ihm beim dritten Mal gegenüber saß, wagte er sie erstmals genau anzusehen. Das streng gelegte, glatte silbergraue Haar umrahmte ein rundes, von vielen kleinen Fältchen durchzogenes Gesicht. Die bleiche, etwas welk wirkende Haut schien fast durchsichtig zu sein. Schmale Lippen hatte sie und eine leicht gebogene Nase. Große Augen, die aber irgendwie stumpf wirkten.

So, wie sie vor ihm saß, empfand er so etwas wie Mitgefühl. Ja, auch ein weinig Scham.

Sah so eine Hexe aus? Hexen sahen doch ganz anders aus. Böse, tückische Augen hatten sie und einen keifenden Mund. Voller Bosheit und Arglist waren sie.

Tekla musste irgendetwas vergessen haben. Sie sah sich suchend um, stand auf und ging in ihre Schlafkammer. Jetzt geschah es. Durch die halb geöffnete Tür sah er ein Bett und darüber ein Kruzifix.

Wie hatte es der Herr Pfarrer immer wieder gesagt, schoss es ihm durch den Kopf: Ein Haus in dem ein Kruzifix hängt, wird von guten Christenmenschen bewohnt. Nur Heiden, Juden und von bösen Geistern Besessene wagen es nicht, den Heiland im Haus zu haben.

Nein, sie ist keine Hexe! Nein, nein, sie kann keine Hexe sein. Bei diesen Gedanken durchströmte ihn eine wohlgefällige, befreiende Empfindung. Unbewusst, fast automatisch nahm er seinen Talisman ab und legte ihn auf den Tisch.

Tekla kam mit der Karaffe in der Hand aus dem Schlafraum, nahm einen ordentlichen Schluck aus dem dickbauchigen Glas und setzte sich an den Tisch. Erst jetzt erblickte sie den Talisman. Sie sah ihn lange nachdenklich an. „Warum?" fragte sie. „Ich brauche ihn nicht mehr", sagte Josef etwas verschämt. „Warum?" fragte sie noch einmal. „Wegen dem Kruzifix im Schlafraum", sagte

48

er. Überrascht blickte sie auf. „Deshalb", fragte sie. „Ja, deshalb", erwiderte er. „All die Jahre", flüsterte sie, „all die Jahre und nur deswegen?" Er verstand nicht was sie meinte. Wie konnte er auch? Die versteckten Gemeinheiten, die Verbitterung und die Einsamkeit, wie sollte er das alles verstehen.

Sie nahm den Talisman und betrachtete ihn. „Ich wusste davon, aber was hätte ich denn tun sollen, was?" „Das Kruzifix", antwortete er, „jeder muss wissen, dass es im Hause ist, jeder muss es sehen können." „Es ist doch immer im Hause gewesen. Es war schon immer im Haus", sagte sie gedankenverloren.

Josef blickte in ihre Augen. Hoffnung war darin und auch Zuversicht. „Es kann sich alles noch ändern", sagte sie in einem Ton, wie es Menschen tun, wenn sie sich Mut zusprechen. „Es kann sich noch ändern."

Danach besprach sie ihn noch einmal.

Als er sich verabschieden wollte, sagte sie: „Warte noch mein Junge." Dann ging sie noch einmal in ihren Schlafraum und kam mit einem großen roten Apfel wieder zurück. „Der ist für dich", sagte sie, dabei sah sie ihn etwas ängstlich an. Er nahm den Apfel und biss hinein. „Oh", sagte er, „der schmeckt aber gut und vielen Dank." Er sah wie ihre Augen glänzend wurden. Beide wussten, dass es verfemt war etwas Essbares von ihr anzunehmen und schon gar nicht, es zu essen. Er reichte ihr die Hand und machte einen Diener. „Ist schon gut mein Junge, ist schon gut", sagte sie und fügte hinzu, „in drei bis vier Wochen bist du die Warzen los." Josef bedankte sich noch einmal und ging.

Die Kunde von dem Kruzifix in Teklas Haus verbreitete sich wie ein Lauffeuer in der Siedlung. Beschämt, wollte niemand Tekla als Hexe bezichtigt haben.

Trotz alldem, die Leute, die in den nächsten Jahren zu Tekla gingen, um sich besprechen zu lassen, trugen weiterhin ihren Talisman am Körper.

Die Mathearbeit

Gestresst kam ich des Abends nach Hause. Ein unfreundlicher Tag war es gewesen. Fräulein Roland, meine Sekretärin, hatte wieder einmal ihren Liebeskummer.

Die sonst so fleißige und qualifizierte Mitarbeiterin war an den Tagen ihres Seele-Problems wie umgewandelt. Das beste war, ihr dann aus dem Wege zu gehen, und sie mit ihrer Arbeit nicht zu überfordern. Daran hatte ich mich inzwischen schon gewöhnt, aber heute war noch einiges an Pannen dazugekommen.

Der Personalratsvorsitzender hatte Protest gegen eine vermeintliche Einschränkung seiner Mitbestimmungsrechte eingelegt. Dabei hatte er, wie man mir zugetragen hatte, beim Einkaufen im Aldi-Markt einem weitläufigen Verwandten dessen Einstellung auf einem vakanten Arbeitsplatz verbindlich zugesagt. Daher hatte ich ihn bei den heutigen Einstellungsgesprächen ausgeschlossen und mich für einen anderen Bewerber entschieden.

Aber das war noch nicht alles. Mein Stellvertreter hatte einen wichtigen Termin verschlampt, und ich hatte einem Mitarbeiter – zu Unrecht, wie sich später herausstellte – die Leviten gelesen. Nein, es war wirklich kein guter Tag gewesen.

Jetzt freute ich mich auf den Feierabend. In Ruhe würde ich eine Flasche Bier oder, je nach Stimmung meiner Frau, vielleicht auch zwei trinken und einfach nur abschalten.

Ich stellte meinen Wagen auf den Parkplatz und dachte noch, dass ich morgen, um des lieben Friedens willen, ein ausführliches Gespräch mit dem Personalratsvorsitzenden führen würde, da kam mir schon unser Jüngster entgegen.

„Guten Abend Papa, ich hoffe du hast einen schönen Tag gehabt", sagte er und nahm mir meinen Aktenkoffer ab. Ich wurde misstrauisch. Zu gut kannte ich unsere Söhne. Wenn sie sich von ihrer besten Seite zeigten, war Vorsicht geboten. Ich überlegte fieberhaft, was da auf mich zukommen könnte. Vielleicht eine eingeworfene Fensterscheibe, ein verprügelter Nachbarjunge oder Ärger in der Schule?

Doch bevor ich weiterdenken konnte, fuhr mein Sohn fort: „Ich habe heute einen ganz tollen Erfolg in der Schule gehabt."

Mir fiel es wie Schuppen von den Augen, die Mathearbeit. An die letzte und entscheidende

Mathearbeit vor der Versetzung hatte ich überhaupt nicht mehr gedacht. Voller Erleichterung klopfte ich ihm auf die Schulter. „Donnerwetter, das klingt ja gut", sagte ich merklich beruhigt. „Du siehst, Fleiß zahlt sich aus."

Mein Sohn sah mich etwas merkwürdig an. „Wieso Fleiß? Eigentlich heißt es ja Training."

„Nenn es wie du willst, entscheidend ist der Erfolg. Merk dir das, mein Junge, der Erfolg kommt ganz selten von allein. Stets muss man dafür harte Arbeit leisten. Das gilt in der Schule genau so wie später an der Universität oder am Arbeitsplatz."

Er unterbrach mich: „Du hast den Sport vergessen, da muss man besonders hart trainieren. Und du hast recht, das habe ich heute ja erfahren. Daher auch mein großer Erfolg beim heutigen Fußballspiel."

„Wieso Fußball?" fragte ich und muss ein ziemlich dämliches Gesicht gemacht haben. „Nun", erwiderte er, „wir haben heute in der Sportstunde gegen unsere Parallelklasse Fußball gespielt. Ich habe zwei Tore geschossen, und wir haben 2 : 1 gewonnen."

Er sah mich beifallheischend an. „Das ist ganz okay, ich gratuliere dir", antwortete ich und konnte mir ein Schmunzeln nicht verkneifen. „Ganz okay nennst du das, mehr nicht?" fragte er und blickte mich etwas enttäuscht an. „Natürlich bin ich stolz auf dich, es ist eine tolle Leistung.

53

Das kannst du mir schon glauben", sagte ich anerkennend.

Als wir im Hausflur angekommen waren und ich die Wohnungstür aufschließen wollte, fing mein Sohn wieder an: „ Papa, warte noch einen Augenblick. Ich muss dir noch etwas sagen." Mir schoss sofort die Mathearbeit wieder in den Kopf. Wie viel lieber wäre mir jetzt eine zerborstene Fensterscheibe oder ein verprügelter Nachbarjunge. Auch mein hilfesuchende Blick gen Himmel half nicht. Erstens sah ich nur die Decke des Flures und außerdem war es für einen Segen von oben ohnehin zu spät.

Mein Filius fuhr fort: „Wir haben heute unsere Mathearbeit zurückbekommen. Die ist nicht so gut ausgefallen. Aber ich habe schon gerechnet, mit meinen mündlichen Noten und den drei Quickis komme ich auf 4,1. Du brauchst dir keine Sorgen zu machen. Die Versetzung habe ich so gut wie sicher in der Tasche, echt wahr."

„Mit deiner vagen Aussage kann ich nichts anfangen. Lass uns erst einmal hinein gehen, dann musst du mir das noch einmal in aller Ruhe erklären", sagte ich mit gemischten Gefühlen. Ich ahnte, was da auf mich zukommen würde. Die Erfahrung hatte ich mit unserem Ältesten schon gemacht. Es war für mich immer wieder frappierend, mit welcher Akribie versucht wurde, die Noten durch rechnerische Kunstgriffe aufzubessern.

Als wir die Wohnung betraten, sah ich meine Frau am Bügelbrett stehen. Aus ihren fragenden Blicken konnte ich ablesen, dass sie schon informiert war. Wahrscheinlich hatte sie, im Bewusstsein, dass ich außerhalb der Wohnung nicht gleich lospoltern würde, ihrem Spross eingeimpft, dass er mir die Nachricht von diesem Fiasko draußen vor der Tür übermitteln sollte. Clever eingefädelt hatte sie es wieder einmal. Die Pubertäts- und Schulprobleme unserer Söhne hatten schon des öfteren zu Auseinandersetzungen hinsichtlich erzieherischer Maßnahmen geführt.

Während Ute immer wieder zu vermitteln versuchte, war ich sehr streng und erwartete Leistungen, die ihrer Meinung nach zu hoch angesetzt waren.

„Papa setz dich, ich hole dir ein Bier", sagte Mamas Liebling und ging in die Küche. Als er wieder zurückkam, legte ich los: „Das ist ja eine üble Nachricht. Wie kommst du eigentlich dazu, so sicher zu sein, dass deine Versetzung nicht gefährdet ist?" „Das ist doch ganz einfach. Schau mal. Bei den Klassenarbeiten habe ich einen Schnitt von 4,5, bei den drei Quickis von 3,3 und die zählen als mündliche Noten. Das heißt doch, dass sie zu einem Drittel eingehen. Insgesamt komme ich also auf 4,1."

„Aber die mündliche Note setzt sich nicht nur aus den drei Quickis zusammen, das weißt du doch, oder?" „Ja schon, aber ich habe doch immer gut mitgearbeitet."

„Sohn, vergiss nicht den Nasenfaktor." „Was ist denn das schon wieder?" Er sah mich fragend an. „Was, das weißt du nicht? Denk doch an Corinna. Eigentlich ist es der sogenannte Gesichtseffekt oder auch Leniency-Effekt. Das heißt ganz einfach, dass Lehrer die ihnen sympathischen Schüler besser beurteilen als diejenigen, die ihnen weniger sympathisch sind. Wenn ich darüber nachdenke, was du mir über den Studienrat Reiter erzählt hast, kann ich mir nur schwerlich vorstellen, dass du für ihn zu den sympathischen Schülern zählst. Hast du dir das schon mal überlegt?"

„Vielleicht solltest du mit Herrn Reiter noch einmal reden", mischte sich Ute in das Gespräch ein. „Ja Papa, das ist eine gute Idee", wurde sie von ihrem Sohn unterstützt.

„Ich muss mir das alles noch einmal überlegen. Vielleicht sollte ich das wirklich tun, aber ob das hilft, weiß ich auch nicht", seufzte ich.

„Darf ich bis zum Abendbrot noch raus?" fragte der Junge. „In Ordnung, geh schon", sagte Ute. Meinen kritischen Blick ignorierte sie einfach.

Dann sprach sie auf mich ein: „Sag mal Alfred, merkst du nicht, wie der Junge darunter leidet? Er hat sich soviel Mühe gegeben, hat wirklich hart gearbeitet, um dich nicht zu enttäuschen. Ein klein wenig Verständnis solltest du ihm schon entgegenbringen. Das würde auch sein Selbstbewusstsein stärken. Denk mal darüber nach. Ich muss noch zum Einkaufen. In etwa einer Stunde bin ich wieder zurück", sagte sie und legte mir eine rote Mappe auf den Tisch. „Du solltest dir das mal wieder ansehen. Vielleicht hilft es dir, zur Realität zurückzufinden." Dann lies sie mich in meinem Weltschmerz allein.

Ich holte mir einen Weinbrand, dachte über das, was sie mir vorgeworfen hatte, nach und musste insgeheim zugeben, dass sie nicht ganz unrecht hatte.

Mit Wehmut erinnerte ich mich an die Grundschulzeit unseres Jüngsten. Vom ersten bis zum vierten Schuljahr war er immer der Zweitbeste in der Klasse. Corinna, die Tochter eines Nachbarn, war immer ein klein wenig besser und dass sie besser war, hatte seine Gründe. Erstens war sie katholisch und unser Sohn eines der wenigen evangelischen Kinder auf der katholischen Grundschule. Zweitens war die Klassenlehrerin eine ältere Jungfer, die Mädchen lieber als Jungen mochte. Und drittens waren wir zugereiste Preußen.

Das unser Sohn trotz alldem vier Jahre, ohne Unterbrechung, die Silbermedaille trug, darauf war ich besonders stolz gewesen. Auch auf dem Gymnasium lief alles recht gut. Nur in Mathematik und Latein ging es langsam, aber stetig bergab. Dass Corinna bereits nach zwei Jahren das Gymnasium verlassen musste, war für mich nur ein schwacher Trost.

Gedankenverloren schlug ich unbewusst die rote Mappe auf. Jetzt erst erkannte ich, dass es die Mappe war, in der ich meine Zeugnisse aufbewahrte. Ute hatte alle meine Zeugnisse herausgenommen, bis auf eines. Es war mein Versetzungszeugnis aus dem Jahre 1949. Damals war ich im Alter unseres Jüngsten und bin wegen mangelhafter Leistungen in Latein und Mathematik nicht versetzt worden. Ich erinnerte mich. Mein Vater war noch in russische Kriegsgefangenschaft und ich hatte große Furcht meine Mutter enttäuschen zu müssen. Sie aber hatte nur gesagt: „Du hast den Verstand und die Kraft, verliere deinen Willen nicht, dann schaffst du es auch!"

Mir fiel eine Aussage von Marie Freifrau von Ebner - Eschenbach ein: Wer sich seiner eigenen Kindheit nicht mehr deutlich erinnert, ist ein schlechter Erzieher!

Die Invasion

Es ist schon einige Jahre her. Damals mieteten wir uns ein Haus in einer ruhigen Lage unweit vom Meer. Wir waren des Lebens in der Großstadt überdrüssig. Den sich von Jahr zu Jahr steigernden Verkehrslärm, der an den Nerven zehrte. Die ständige Dunstglocke, die den Kreislauf durcheinander brachte und die Bronchien reizte. Auch die anonymen Menschenmassen mit ihren Robotergesichtern, die sich immer in Hektik grußlos an einem vorbeidrängten, hatten wir satt. Hier in der ländlichen Idylle wollten wir geruhsam die nächsten Jahre verbringen.

So war es dann auch. Doch auf dem Lande gibt es allerlei Getier, mit welchem Stadtbewohner sich nur schwerlich anfreunden können. Spinnen und Mücken, die sich tagsüber in alle möglichen Ritzen und Löcher verkriechen, des Abends aber aus ihren Verstecken kommen und ihr Unwesen treiben. Wildkaninchen, die ihren Spaß daran haben, mit Liebe gepflanzte Blumen-

rabatten oder mit viel Mühe angelegte Gemüse-
beete abzunagen. Hummeln, Wespen und Bienen,
die einem das Barfußlaufen auf dem Rasen ver-
gällen.
Und dann die Ameisen! Ganze Heerscharen von
Ameisen, die in den Sommermonaten in groß-
angelegten Offensiven bestimmte Räume einfach
okkupieren.

Es war im ersten Jahr, Anfang Juni. Wir kamen
spät abends aus dem Urlaub zurück. Ich war
dabei, die Koffer ins Haus zu tragen. Da kam
Anne mir schon entgegengelaufen. „Heinrich, das
musst du dir ansehen. Komm schnell in die
Küche; es ist eine Katastrophe", sagte sie in
einem Tonfall, der mich in Schrecken versetzte.
Mir schoss sofort ein Wassereinbruch durch den
Kopf. „Haben wir einen Rohrbruch?" fragte ich.
„Nein, nein, viel schlimmer", war ihre Antwort.
Und dann sah ich es.
Ameisen, überall Ameisen. Sie traten in großen
Massen auf. Aus allen Fugen wälzten sich ganze
Armeen von Ameisen. Es sah aus, als hätte je-
mand wahllos eine Menge Kaffeesatz verstreut.
Mit mir ging die Phantasie durch. So musste es
aus der Satellitenperspektive ausgesehen haben.
Damals als der Hunnenkönig Attila mit seinen
Horden von Reiterkriegern von Asien aus über
den Rhein bis zur Loire vorgedrungen war und
erst durch den römischen Feldherrn Aetius auf

den Katalaunischen Feldern vernichtend geschlagen werden konnte."Das ist ja eine gewaltige Invasion", sagte ich lachend. „Was, eine Invasion nennst du dieses Desaster und lachst noch darüber? Tu endlich etwas!", sagte Anne voller Entrüstung.

„Lass uns erst einmal schlafen gehen. Auf die paar Stunden kommt es jetzt auch nicht mehr an. Morgen lass ich mir schon etwas einfallen", versuchte ich sie zu beruhigen. Anne sah mich verblüfft an, so, als wäre ich meschugge geworden. „Du glaubst doch nicht etwa, dass ich jetzt schlafen kann", sagte sie und ging in den Hausarbeitsraum. Schon bald kam sie mit einem Handfeger und der Kehrschaufel bewaffnet zurück. Ihr Bemühen die Aggressoren mit dem Handfeger einzukesseln, dann auf die Kehrschaufel zu drücken und letztendlich zur Vernichtung in den Mülleimer zu deportieren, war nicht sehr erfolgreich. Da hatte ich eine Eingebung. „Weißt du, ich hole den Staubsauger, damit werden wir sie alle einfangen." Sie sah mich überrascht an. „Auf die Idee hätten wir gleich kommen sollen", sagte sie mit Vorwurf in der Stimme. Ich wusste, immer wenn sie im Plural sprach, meinte sie mich.

Und es klappte recht gut. Die Ameisen wurden von den 1300 Watt hochgesogen, so, wie eine Windhose den Staub der Felder hoch saugt. Auf diese Art gelang es mir nahezu alle Ameisen, bis auf einige wenige Fahnenflüchtige, zu beseitigen. Ich nahm den Staubbeutel heraus, ging nach draußen, beschwerte ihn mit einem Stein und versenkte ihn mit den Ameisen in der Regentonne. Anne hatte sich etwas beruhigt, und so konnten wir endlich schlafen gehen.

Im Bett dachte ich an den Ameisenoberst aus Waldemar Bonsels „Die Biene Maja". Der Oberst mit seinem stahlblau glänzenden Helm und der langen Lanze mit dem bunten Wimpel unterhalb der Spitze war meine Lieblingsfigur.
Plötzlich nahm ich sonderbare Geräusche war. Metall schepperte auf Metall. Ledergeschirr ächzte. Ich hörte das mahlende Knirschen schwerer, eisenbeschlagender Lafettenräder auf grobkörnigen Sand. Dann erschallten Kommandostimmen. Leise erhob ich mich und ging vorsichtig zur Tür. Da sah ich sie!
Ein verstärktes Ameisenregiment wälzte sich mir entgegen. An der Spitze der Oberst hoch zu Ross. Im folgten die Kürassiere, angeführt von einem Kornett mit der großen Regimentsfahne, dann die Infanterie, dahinter eine Batterie schwerer Geschütze mit ihren Trainwagen.
Eingehüllt in einer von den Hufen der Pferde und den Rädern der schweren Kanonen aufgewirbelten rotbraunen Staubwolke kamen sie näher und näher, wurden größer und größer.

Und dann stand der Oberst riesengroß vor mir, die Lanze auf mich gerichtet. Seine mächtigen scharfbewehrten Kiefernzangen weit aufgerissen. Die schwarzen Kugelaugen vor Hass und Rache triefend.

Ich wollte zum Waffenschrank und meinen Revolver holen, doch ich stand wie gelähmt da, konnte mich nicht bewegen.

Der Oberst sagte: „Du hast einen Teil meiner tapferen Armee wider das Kriegsvölkerrecht hinterlistig und unehrenhaft aufgerieben. Du bist schuldig, schuldig, schuldig! Du hast den Tod verdient. Ich werde dich ohne einem Militärtribunal standrechtlich hinrichten!"

Er schwang seine Lanze. Ich sah die scharf geschliffene, schimmernde Stahlspitze auf mein rechtes Auge zukommen. „Neiiin!", schrie ich, „neiiin!"

„Was ist den Heinrich, hast du schlecht geträumt?", hörte ich Anne fragen. Ich lag schweißgebadet im Bett. „Vielleicht", antwortete ich. „Ja, ich muss wohl irgendetwas geträumt haben." Bevor ich wieder einschlief, nahm ich mir fest vor, keine Ameisen mehr in der Regentonne zu versenken.

Als wir am nächsten Morgen in die Küche kamen, erwartete uns die gleiche Situation wie abends zuvor.

Anne holte sofort den Staubsauger und begann die stolze Armee des Obristen wegzusaugen.

Ich stand mit einem unguten Gefühl da und überlegte, wie ich diese grausame Vernichtung verhindern könnte. Auf keinen Fall würde der Staubbeutel in der Regentonne landen. Das war ich dem Oberst schuldig.

Der Staubbeutel! Ich hatte ja noch keinen neuen in den Staubsauger eingelegt. Jetzt fühlte ich eine große Erleichterung in mir aufsteigen. Ich wartete bis Anne alle Ameisen aufgesogen hatte, dann sagte ich etwas scheinheilig: „Ach, mir fällt gerade ein, dass ich gestern vergessen habe, einen neuen Staubbeutel einzulegen."

Anne sah mich kopfschüttelnd an. „Das darf doch nicht wahr sein. Auf dich kann man sich überhaupt nicht mehr verlassen", sagte sie.

Ich musste innerlich grinsen. Es war schon ein toller taktischer Schachzug der mir da gelungen war. Zufrieden sagte ich: „Es ist doch halb so schlimm. Ich werde den Staubsauger nach draußen bringen, ihn öffnen, und du wirst sehen, innerhalb von wenigen Minuten haben alle Ameisen die Flucht ergriffen." „Du musst ihn aber weitab vom Haus entleeren. Das beste wäre, du bringst sie zu der Kieskuhle hinter der Pferdekoppel", meinte Anne. Das tat ich dann auch.

Als ich nach einer Weile wieder zurückkam, waren die ersten Spähtrupps schon wieder in der Küche.

„Sie kommen von draußen", sagte Anne und zeigte mir die große Heerstraße der Okkupanten. In der Tat, unterhalb der Hauseingangsstufe waren in dem sandigen Boden mehrere Ameisennester. Von da aus zogen sie über die Stufe, durch Ritzen der Eingangstür in den Flur, dort verschwanden sie hinter der Fußleiste und mussten durch irgendwelche Spalten freien Zutritt zur Küche haben.

„Wir müssen die Fußleiste herausreißen und die Mauer mit Zement abdichten", schlug Anne vor. - Wohlgemerkt, immer wenn sie im Plural sprach war ich gemeint.

„Das wird sicher auch nicht viel helfen. Sie suchen sich mit großer Wahrscheinlichkeit andere Wege um in die Küche zu gelangen", erwiderte ich.

„Aber es muss doch eine Möglichkeit geben, um ihr eindringen in das Haus zu unterbinden. Da fällt mir ein, meine Mutter hat Ameisen immer mit Backpulver vernichtet", sagte Anne, und man sah ihr an, dass diese Idee für sie die Lösung zu sein schien.

Mir ging das Kriegsvölkerrecht durch den Kopf. Chemische Kampfmittel waren nicht erlaubt! Fieberhaft überlegte ich was zu tun sei.

„Wir müssen eine erfolgsversprechendere Strategie entwickeln. Zwar ist deine Idee mit dem Backpulver sehr gut, aber wer garantiert uns, dass alle Ameisen darauf reinfallen", redete ich auf sie ein. „Ich denke", fuhr ich fort, „sie kommen ins Haus um nach Essbaren zu suchen. Wir müssen sie überlisten und außerhalb des Hauses abfüttern. Was meinst du was Ameisen gern fressen?" „Marmelade, Honig oder auch Aufschnitt", meinte Anne nachdenklich. „Siehst du, wir werden draußen auf der Eingangstufe eine Art Glacis mit Barrikaden aus Marmelade, Honig und Wurstresten errichten. Du wirst sehen, keine einzige Ameise wird den beschwerlichen Weg zur Küche auf sich nehmen, wenn sie das, was sie erobern will, quasi vor ihrer eigenen Haustür findet."

Anne sah mich erstaunt an, anerkennend sagte sie: „Ich glaube, wir haben eine gute Strategie entwickelt." Erhobenen Hauptes nickte ich zustimmend, denn ich wusste ja: Immer wen sie im Plural sprach, meinte sie mich!

Insel der Schatten

Einstmals, es ist schon lange, lange her, stand erhaben, hoch oben auf dem Olymp, Zeus, Vater aller Götter und der Menschen. Wohlwollend blickte er auf das Land.

Ein großes, weites Land voller Anmut. Hohe Berge mit schneebedeckten Gipfeln, die weit in die Wolken ragten. Oliven, Trauben und Zitrusfrüchte gediehen an den Hängen sanfter Hügel. Vom türkisfarbenen Meer umspült, paradiesische Inseln.

Zeus sah die Menschen. Zufriedene, glückliche Menschen. Sie gingen in die Berge um zu jagen. In ihren Booten fischten sie im ergiebigen Meer. Sie säten und sie ernteten. Trauben kelterten sie zu süßen Weinen. Aus Oliven pressten sie fruchtige Öle. Wohlduftendes Brot buken sie aus gemahlenem Getreide.

Sie erbauten große Tempel mit marmornen Altären. Reichhaltige Gaben wurden dankbar den Göttern geopfert.

Mit Wohlbehagen wandte sich Zeus an seine Frau: „Siehe Hera", sprach er, „die Menschen sind glücklich, so soll es sein." Bei diesen Worten streifte sein Blick ein kleines karges Eiland, bar jedwedem Grüns, umtost von einem wilden Meer.

Auf dem Eiland sah er gebeugte, hagere Menschen mit matten Augen. Auch diese traurigen Menschen säten, doch ihre Saat verdorrte in der brennenden Sonnenglut. Auch sie fischten, aber ihre Boote zerschelten an den Klippen. An den steilabfallenden, schroffen Felsen toste das Meer. Die salzige Gischt übersprühte das Land und tötete die Fruchtbarkeit der Weinreben, der Oliven-, Obst- und Zitrusbäume.

Das alles sah Zeus und sein Blick verfinsterte sich. Eine steile Falte bildete sich über seiner Nasenwurzel. Und er sprach: „Es darf nicht sein, dass meine Menschenkinder derart darben. Nein, es muss etwas geschehen!"

Und so rief er Poseidon, Gott des Meeres, Demeter, Göttin des Ackerbaus und der Fruchtbarkeit und Dionysos, Gott des Weines. Und er sprach zu ihnen: „Seht her, wie die Menschen dort leben. Sie arbeiten, sie bitten und dennoch darben sie. Das will ich anders sehen.

Du Poseidon, besänftige das Meer. Mache es voller Fische und grün soll es sein. Kleine Strände soll es schaffen mit goldenem Sand."

Dann wandte er sich an Demeter: „Du Demeter", sprach er, „du wirst das Eiland mit Schatten versehen. Viele, viele Schatten soll es haben und fruchtbar soll es sein."

Zu Dionysos sprach er: „Gib den Menschen Wein, damit sie fröhlich werden und stark und ihre Augen sollen glänzen."

Zufrieden wandte sich Zeus an Hera: „So soll es geschehen!" Und so geschah es.

Das Meer besänftigte sich, ward voller Fische und Meeresfrüchte. An kleine lauschige Strände spülte es güldenen Sand. Aus dem graubraunen Boden sprossen Zypressen, Aleppokiefern, Lorbeerbäume, Platanen und Pinien. Die Reben waren voller saftiger Trauben. Die Bäume trugen reichhaltig Obst, Oliven und Zitrusfrüchte. Üppige Sträucher und Pflanzen breiteten sich wohlduftend über dem Eiland aus. Sprudelnde Quellen und plätschernde Gebirgsbäche mit kristallklaren Wassern machte die Böden fruchtbar.

Und die Menschen wurden glücklich, zufrieden und ihre Augen wurden glänzend. Sie bauten einen Tempel aus Marmor mit hohen Säulen und dankten Zeus und den Göttern mit vielfältigen Opfergaben. Aus Dankbarkeit nannten sie ihre Insel „Skiathos", die Insel der Schatten.

Das alles ist schon lange her, aber noch heute erfreuen sich hier die Menschen. Sie strömen aus allen Ländern herbei. Sie erfreuen sich an den bewaldeten, sanften Hügeln, an denen die glücklichen Menschen von Skiathos weißgetünchte Häuser mit hellroten Dächern aus Backsteinziegeln bauten. Sie erfreuen sich an den exotischen Pflanzen mit ihren vielfarbigen Blüten und intensiven Düften, den kleinen goldfarbenen Stränden und den grün schimmernden Fluten.

Und sollte Zeus noch einmal hierher blicken, so wird er nur glückliche, zufriedene Menschen sehen, die nur zuweilen traurig dreinschauen. Dann, wenn sie Abschied nehmen müssen, Abschied von der Insel der Schatten.

Urlaubsepisoden

Der Flugkapitän hatte offensichtlich seinen guten Tag, denn niemand von uns Passagieren merkte, dass die Boeing schon am Boden war. Der auf mich immer befreiend wirkende Landeapplaus kam daher verspätet und nur zögernd. So, wie man es gelegentlich in Konzerten bei einem unerfahrenen Publikum erleben kann. Wir waren auf einer sehr kleinen ägäischen Insel angekommen. Hier kannte man noch nicht das massenhafte, unpersönliche und hektische Treiben der großen Urlaubsregionen. Die Miturlauben zeigten ruhige, zufriedene Gesichter. Erwartungsvolle vom Alltag freigelassene zufriedene Gesichter. Mit vier von diesen zufriedenen Gesichtern würden Edith und ich uns in den nächsten Wochen noch intensiv beschäftigen. Das allerdings wussten wir zu diesem Zeitpunkt noch nicht.

Die Hochzeitsreise

Die ersten zwei zufriedenen Gesichter sind mir schon in der Boeing aufgefallen. Sie saßen vor uns und küssten sich so emsig, dass sie keine Zeit fanden für Dinge, die um sie herum geschahen. Selbst die Bedienung durch die Stewardessen schien für sie nur eine Belästigung zu sein. Ich gab ihnen schon während des Fluges den Beinamen „Baby-küß-mich-Paar". Auch Edith, meine Frau, hatte ihnen einen Namen gegeben, wie sie mir später im Hotelzimmer erzählte: Das Pausenpaar!

„Pausenpaar? Ich verstehe das nicht. Welche Bedeutung soll das den haben?" fragte ich. „Nein, ich kann mir darunter nichts vorstellen."

Schnippisch, wie es ihre mir schon seit Jahren bekannte Art ist, sagte sie: „Streng dich doch ein wenig an, so schwer ist das nun wirklich nicht."

„Nun", dachte ich laut, wenn damit gemeint sein soll, dass sie jede Pause nutzen, um sich zu küssen, dann ist da schon etwas dran."

„Phantasielos", sagte Edith und schaute mich etwas mitleidsvoll an. So, wie mich damals meine Mutter angesehen hatte, wenn ich bei den Hausaufgaben die Ableitung einer mathematischen Aufgabe nicht begreifen konnte. „Das Gegenteil, mein Lieber, das Gegenteil. Sie küssen sich in einem fort, nur zwischendurch legen sie Pausen ein."

Ich hatte keine große Lust, die Diskussion fortzusetzen. Edith, mit ihrer fatalen Eigenschaft, für sich das Rechthaben in Anspruch zu nehmen, würde nicht eher aufhören, bis ich ihr recht gegeben hätte. Erst dann wäre sie zufrieden. Dann würde sie wahrscheinlich sehr großzügig auch mir ein klein wenig recht geben. Sagen wir zwanzig Prozent, die restlichen achtzig Prozent würde sie für sich beanspruchen. Eine lange Diskussion, nur wegen zwanzig Prozent, das war mir zu anstrengend. Außerdem wusste ich aus Erfahrung, dass solche Diskussionen auf Edith keinerlei pädagogischen Einfluss hätten.

Daher meinte ich: „Weißt du, wenn ich darüber nachdenke ist „Pausenpaar" zutreffender. Ich habe mich entschlossen dein Pausenpaar zu übernehmen. Edith sah mich misstrauisch an. „Meinst du das aus Überzeugung, oder möchtest du wieder einmal nur deine Ruhe haben?"

„Wenn ich es dir sage. Schau mal „Baby-küß-mich-Paar" ist wirklich trivial. Es regt nicht zum Nachdenken an. „Pausenpaar" dagegen ist sehr viel rätselhafter. Es liegt soviel darin verborgen. Ja, man muss schon nachdenken, und wenn man die Lösung gefunden hat, ist sie überzeugend, wirklich sehr überzeugend", antwortete ich.

„Na ja, Baby-küß-mich-Paar kann irgendwo eindeutiger sein. Du hast nicht ganz unrecht. Vielleicht sollten wir sie das „Schmuse-Pausenpaar" nennen", meinte sie voller Eifer. Mein

Gott dachte ich, da bleiben ja höchstens zehn Prozent für mich. Anderseits, mehr ist da wohl nicht rauszuholen.

„In Ordnung", erwiderte ich, „das ist ein fairer Kompromiss. Wir werden sie von jetzt an das Schmuse-Pausenpaar nennen. Das ist zwar auch noch rätselhaft, jedoch ist der Schwierigkeitsgrad der Deutung nicht so hoch angesetzt. Man kann es von Arbeitpausen gut ableiten."

„Siehst du", sagte Edith in ihrer entwaffnenden Art, „es geht doch nichts über einer guten Harmonie in der Ehe. „Du hast ja recht Schatz", brummte ich, froh, die Diskussion beendet zu sehen.

Ich überzeugte Edith, dass es schon einen Sinn gäbe, die gute Harmonie unserer Ehe mit einem Drink zu begießen. Mit dem Gefühl der neunzig Prozent, die sie mir abgerungen hatte, in der Brust, war sie sogleich dazu bereit. Für mich war es eine klare Sache, dass sie weniger auf unsere Harmonie sondern auf diese neunzig Prozent anstoßen wollte.

An der Bar saß das Schmuse-Pausenpaar. Sie waren so mit dem Küssen beschäftigt, dass sie selbst die vor ihnen stehenden Longdrinks vergaßen. Was für mich überhaupt nicht nachvollziehbar war. Als wir nach zwei Stunden die Bar verließen, waren ihre Gläser immer noch nicht leer.

„Hast du gesehen, wie sparsam sie sind? Und sie tragen Eheringe, sie sind also verheiratet. Vielleicht ist es sogar ihre Hochzeitsreise. Ja, ich bin ganz sicher, dass es ihre Hochzeitsreise ist", schwärmte Edith. „Ist es nicht wunderschön, so ein glückliches, junges Paar?"

Ich musste dieser Schwärmerei etwas entgegen setzen. „Es ist durchaus möglich, dass die zwei auf der Hochzeitsreise sind", fing ich an, „doch es gibt da auch noch andere Möglichkeiten." „Was meinst du mit anderen Möglichkeiten?" fragte Edith. „Nun, sie könnten die Ringe zum Schein tragen, nur um Leute wie uns zu täuschen. Bewusst sagte ich nicht: Leute wie dich. Es können natürlich auch echte Eheringe sein, nur dass zu jedem Ring ein anderer Partner gehört. Dann allerdings wären es echte Ehebrecher", phantasierte ich weiter.

Wütend schaute Edith mich an. „Ihr Männer, ihr denkt immer nur an so etwas. Du tust den beiden Unrecht, wenn du so etwas behauptest. Ich spürte, dass es jetzt Zeit wurde, den Rückzug anzutreten. „Ich behaupte es ja nicht, ich spreche nur von einem Gesichtspunkt, den man nicht ausschließen kann." „Bei der nächsten sich bietenden Gelegenheit werden wir ein Gespräch mit ihnen suchen, dann werden wir sehen wer recht hat", sagte sie schon etwas besänftigt.

Jedoch, es gelang Edith nicht mit den beiden ins Gespräch zu kommen. Wurden sie angesprochen, antworteten sie kurz, in einem Ton, der da hieß: Lasst uns in Ruhe, wir haben keine Zeit für Gespräche. Die Schmusepausen waren anscheinend zu kurz. Irgendwann verlor Edith auch das Interesse an den beiden. „Auf der Hochzeitsreise hat man wichtigere Dinge zu tun, als sich mit anderen Leuten zu unterhalten", war ihre nachsichtig abschließende Bewertung.

Die Lösung kam am Vorabend ihrer Abreise. Wir saßen an der Bar, die zwei schmusten wie immer. In der Pause, in der ein Barkeeper das Musikband wechselte, hörten wir, wie er zu ihr sagte: „Mach dir keine Sorgen Irene, das ist überhaupt kein Problem. Meine Frau ist so mit unserem Baby beschäftigt, sie merkt gar nicht...." Das Weitere konnten wir nicht mehr verstehen. Das Musikband war eingelegt und aus dem Lautsprecher erklang laut eine Sirtaki-Melodie. Edith sah mich an. Sie war ganz blass geworden. „Lass uns Zahlen", sagte sie.

Es war sicher eines der wenigen Male, bei denen sie innerlich zugeben musste, dass ich hundert Prozent recht hatte. Aber nur innerlich!

Die Heisenbergsche Unschärferelation

Die Begegnung mit den zwei anderen zufriedenen Gesichtern war von ganz anderer Art. Wir sahen sie erstmals an Strand.

Ferdinand, seinen Namen erfuhren wir einige Tage später, Ferdinand war ein etwas melancholisch dreinschauender Fettwanst. Alles an ihm war in Fett gut verpackt. Nur seine Beine waren unverhältnismäßig dünn. Eine große, fette Kugel auf zwei Stelzenbeinen. Oben auf der großen, fetten Kugel lag in einer kleinen Mulde eine kleine, fette Kugel. Man hatte immer ein klein wenig Angst, dass die kleine, fette Kugel die Balance verlieren und von der großen, fetten Kugel herunterrollen könnte.
Das allerdings wäre sehr schade gewesen. Denn, wie wir später erfahren sollten, war diese kleine, fette Kugel sehr geistreich, voller honorigem Humor und sehr sympathisch. Ja, es wäre wirklich sehr schade gewesen, wenn diese kleine, fette Kugel die Balance verloren hätte.

Seine Frau, Isolde, war im Gegensatz zu Ferdinand spindeldürr. Nicht unbedingt eine Schönheit nein, das konnte man nicht sagen. Aber sie hatte Charme und war von natürlicher Eleganz. Bei einem Tango in der Taverne, es war neun oder zehn Tage später, hatte ich das Gefühl, ich tanzte mit einem Skorpion. Alles an ihr war dünn, alles war hart, leicht, aber voller Kraft.

Was mir an Isolde am besten gefiel, war ihr Verhalten als Ehefrau. Alle Eigenschaften, die landläufig als das gut Recht von Ehefrauen angesehen werden, wie Besserwisserei, Neigung zu Ermahnungen und alle anderen für den Ehemann belastende Gebaren, waren ihr völlig fremd.

Unsere Bekanntschaft begann an der Bar. Als einige Urlauber anfingen, sich gegenseitig zu fotografieren, neigte ich mich zu Edith und sagte: „Jetzt kannst du den Beweis der Heisenbergschen Unschärferelation pur erleben."

Edith interessierte sich nicht gerade besonders für Naturwissenschaften. Im Gegensatz zu mir mehr für Literatur und Kunst. Genau so wenig wie ich ihr zuhören konnte, wenn sie von einem Buch schwärmte oder von einer Autorin. Sie las mit Vorliebe Bücher von Frauen geschrieben. Genau so wenig mochte sie zuhören, wenn ich mich über naturwissenschaftlich Phänomene ausließ. Doch so viel wusste sie, dass die

Heisenbergsche Unbestimmtheitsrelation irgend etwas mit der Messung an Elementarteilchen zu tun hatte. „Wie meinst du das?" fragte sie. „Nun", erwiderte ich, „schau dir die Leute an, ihre Gesichter, ihre Haltung vor und im Augenblick des Fotografierens, du wirst deutliche Abweichungen feststellen."

„Das ist doch ganz natürlich. Du verhältst dich sicher auch nicht anders als diese Menschen", antwortete sie. „Ja, ja, genau das meine ich, dass man die Abweichungstheorie nach Heisenberg gleichfalls auf das Verhalten von Lebewesen, also auch auf uns Menschen, übertragen kann."

„Aber das Verhalten von Menschen ist doch personenbezogen und nicht voraussehbar. In der gleichen Situation verhalten sie sich doch nicht kongruent, wie es bei deinen Elektronen vielleicht der Fall sein kann", meinte Edith.

Ich war etwas genervt von ihrem naseweisen Verhalten und wollte gerade das Thema wechseln, da sprach uns erstmals Ferdinand, der neben uns saß, an.

„Entschuldigen Sie, gnädige Frau." Er sagte in der Tat „gnädige Frau". Das wird Edith sehr gefallen, dachte ich, für so etwas war sie empfänglich. Dieser Bursche scheint das zu spüren. Sicher hat er bei ihr schon halb gewonnen.

„Ich habe Ihr interessantes Gespräch ungewollt mitgehört und würde mich, wenn Sie es erlauben, gern daran beteiligen."

„Aber natürlich, gern", antwortete Edith, „ein kompetenter Gesprächspartner kann eine Diskussion nur bereichern."

Woher hat sie eigentlich die Gewissheit, dass dieser Fettwanst naturwissenschaftliche Kompetenz hat, dachte ich, so etwas kann sie doch nicht von der „gnädigen Frau" abgeleitet haben?

„Grundsätzlich hat ihr Gatte recht, doch Ihre Argumentation, dass sich jeder von uns bei gleicher Situation verschieden verhalten würde, ist meiner Ansicht nach eindeutiger und geht weit über Heisenbergs Theorie hinaus. Das Gefühl, beobachtet zu werden, stellt bei uns einen gewollten Zustand her und dieser ist individuell", fuhr Ferdinand fort.

Edith sah mich mit einem Blick an der mir gar nicht gefiel. Es war ein Blick wie man seine Klassenkameraden ansieht, wenn man vom Lehrer als Primus herausgestellt wird, weil man als einziger der Klasse die Lösungsformel gefunden hatte.

Dieses Schlitzohr, dachte ich, der verhält sich wie ein Galan gegenüber der künftigen Schwiegermutter. Ich musste mich an dem Gespräch beteiligen. Der würde es sonst schaffen, dass mein Autoritätsvorsprung auf dem Felde der Naturwissenschaften in Ediths Augen zerbröselt wie ein Bonbon zwischen den Zähnen, wenn man nur lange genug darauf kaut.

„Ich stimme Ihnen zu", hob ich an, „doch wollte ich nur die Wechselwirkung zwischen Wahrnehmung und Verhaltensweise hervorheben. Die von Ihnen angesprochene Divergenz gehört meines Erachtens zu den Paradoxien im menschlichen Sein. Trotz unserer geistigen Unabhängigkeit nötigt uns die eigene Gegensätzlichkeit den Willen zum Anderssein auf."

Donnerwetter, dachte ich, das hast du recht gut artikuliert. Dann sah ich, dass Isolde mich interessiert ansah und mein Eindruck war, dass sie sich an dem Gespräch beteiligen wollte. Erst jetzt wurde mir bewusst, auf welch brüchigen philosophischen Pfad ich mich begeben hatte. Um Zeit zu gewinnen und das Gespräch wieder auf das für mich angemessenes Niveau zu führen, fügte ich schnell hinzu: „Zunächst darf ich uns vorstellen. Berger ist unser Name." Der Fettwanst erhob sich: „Plottkaus, angenehm", stellte er sich vor, dabei küsste er Edith die Hand. Verdammt, verdammt, dachte ich, der Junge riecht förmlich, was Edith gefällt. Das wirst du nicht tun, sagte ich zu mir selbst und reichte Isolde die Hand. Dabei beließ ich es bei einer höflichen Verbeugung. Gleichzeitig begann ich das Thema zu wechseln, was Gott sei Dank recht gut gelang.

Wir haben noch viele Gespräche geführt. An der Bar, am Strand und in der Taverne. Wie sich herausstellte, arbeitete Ferdinand als promovierte Physiker in der Genforschung. Lange kontroverse Diskussionen hatten wir über das „Für" und „Wider" der Genforschung. Über die Gefahr der Eigendynamik wissenschaftlicher Erkenntnisse. Vor allem über dem faustischen Erkenntnisdrang mancher Wissenschaftler, der leicht, vielleicht ungewollt, zu einer irreversiblen Verstrickung zur Verantwortung führen kann.

Schon bald wurde mir klar, dass ich Ferdinands Geistesstärke nur wenig entgegenzusetzen vermochte. Doch das störte mich merkwürdigerweise nicht, was Edith am meisten überraschte. Er tat nie überheblich und stellte seine Hypothesen immer in Frageform. Wenn es mir mal glückte, eine überzeugende Gegenthese aufzustellen, akzeptierte er sie und entwickelte hieraus seine Folgethesen.

Auch sein zuvorkommender Umgang mit Damen störte mich nicht mehr. Es war bei ihm ein angeborener Charme, der gar nicht steif oder gekünstelt wirkte, wie bei mir, wenn ich es mal versuchte.

Das alles führte dazu, das ich die Vokabeln „Fettwanst" und „fette Kugel" aus meinem Sprachrepertoire strich.

Das letzte Versteck

Da oben, auf der Terrasse der „Taverna Mastic", hoch über der Bucht von Karfas, fühlte ich mich sehr wohl. Unten im Dorf wimmelte es von Urlaubern. Briten, Niederländer, einige wenige Deutsche und vor allem Skandinavier, hatten das Dorf, die Strände und die Kneipen vereinnahmt.
Immer, wenn mir nichts dazwischen kam, ging ich Abends hierher. Der steile Pfad war mit dem Auto nicht zu befahren. So verirrte sich kaum ein Urlauber hierher. Die wenigen Gäste waren Einheimische, meist ältere Männer.
Hier die Stunden der sinkenden Nacht zu erleben, eingetaucht in eine Komposition aus leise südlicher Musik, exotischen Düften, dem unnachahmlichen Panorama und dem harzigen Wein, nirgendwo gab es einen so guten Retsina wie hier oben, beflügelte mich immer wieder, den beschwerlichen Weg auf mich zu nehmen.

Die griechischen Männer, die hier ihren Rotwein oder Ouzo tranken, beachteten mich nicht. Sie duldeten mich, so wie sie den streunenden Hund, der jeden Abends auf die Terrasse kam und sich unter irgendeinen der Tische legte, auch duldeten, aber sie beachteten mich nicht.

Meinen abendlichen Gruß „Kalispera" erwiderten sie nur mit stummen Nicken.

Es mochten etwa zwei Wochen vergangen sein. Ich saß wieder einmal auf der Terrasse. Der Wirt brachte mir den Retsina. Er wusste inzwischen, dass ich nichts anderes trank.

Unerwartet kam einer der Männer, die wie ich fast jeden Abend hier verbrachten, mit einem Glas Rotwein in der Hand an meinen Tisch.

„Kalispera", grüßte er. Ich nickte, „Kalispera". „Sie sind Deutscher, richtig?" fragte er. „Ja, ich bin Deutscher", stimmte ich ihm zu. „Darf ich mich zu Ihnen setzen?" fragte er. „Bitte, gern", erwiderte ich.

Er stellte sein Glas auf den Tisch und reichte mir die Hand. Ich erhob mich: „Mein Name ist...", er unterbrach mich, „Namen sind nicht wichtig, nicht hier und nicht beim Wein. Wir alle haben Namen aber sie sind nichtssagend."

Ich nickte und wir setzten uns. Er prostete mir zu. Wir tranken.

Nach einer Weile fragte er: „Warum kommen Sie jeden Abends hierher?" Ich sah ihn an, streckte meinen Arm aus, zog einen Halbbogen über die Landschaft und das Meer. „Deswegen", sagte ich. Er sah mich an, nahm sein Glas, leerte es, nickte verstehend und schaute aufs Meer.

Vom Pinienwäldchen des jenseitigen Hügels hörten wir das laute Zirpen der Grillen. Die untergehende Sonne ließ das Meer purpurn glitzern und die Berge, drüben in der Türkei, erglühen. Im Schlagschatten der Insel pflügte sich ein Fischkutter schwer durch die See. Ein Schwarm grauweißer Möwen folgte seinen aufgewühlten Heckwassern, die Bugwellen liefen im spitzen Winkel grünlichblau fluoreszierend der Küste entgegen. Ein zartwürziger Duft, gemischt mit dem salzigen Geruch des Meeres, lag in der Luft. Aus dem Innern der Taverne erklang leise Musik deren Tonweise die Nähe Kleinasiens, aber auch die jahrhundertlange Türkenherrschaft, unter der Chios zu leiden hatte, wiedergab.

„Ich liebe dieses Land, das mein Land ist, und besonders diese Insel, die meine Heimat ist", sagte er gedankenverloren als spreche er zu sich selbst.

Er sah mich an: „Ich habe auch Ihr Land kennengelernt, fünfzehn Jahre habe ich dort gearbeitet. Es ist ein schönes und wohlhabendes Land, aber es ist nicht mein Land.

Es könnte nie mein Land werden, so wie mein Land niemals Ihr Land werden könnte.

Von irgendwo aus den Bergen hörten wir das Schreien eines Esels.

„Hören Sie das?" Er sah mich fragend an. „Ja", sagte ich, „es ist ein Esel." Er nickte mir zu.

„Wissen Sie, der Esel ist bei uns so etwas, wie

früher bei Ihnen das Pferd. Nur, bei Ihnen gab es Pferdemetzgereien, Fleisch für die armen Leute. Auch heute noch gibt es bei Ihnen Wurst aus Pferdefleisch als Delikatesse.

Ein Grieche würde nie Eselsfleisch zu sich nehmen. Der Esel war früher Lasttier, aber auch ein sichtbares Zeichen eines bescheidenen Wohlstandes, und er gehörte zur Familie. Dort oben in den Bergen ist es heute noch so.

Und jetzt sage ich Ihnen etwas, was Sie nicht verstehen werden. Ein Esel durfte nie von Menschenhand sterben. Wenn er alt, blind oder krank wurde, brachte man ihn mit dem Boot auf eine unbewohnte Insel, brach seine Vorderläufe und überließ ihn den Geiern, oder man schob ihn auf die Klippen an der Küste und gab ihn einen Stoß. Heute ist das offiziell verboten, aber ich glaube, dass die Menschen in den abgelegenen Dörfern es immer noch so tun. Ja, das glaube ich." Er sah mich fragend an.

„Nun", sagte ich, „ich muss gestehen, so etwas ist mir fremd. Ich bin Jäger, und wir werden bei uns im Schießen gut geschult. Das Wild, das wir erlegen, soll möglichst schmerzlos und schnell sterben, Ja, das was Sie mir erzählten, kann ich nicht verstehen. Vielleicht muss man hier geboren und aufgewachsen sein, um das zu verstehen."

„Bei uns gibt es viele Dinge, die ihr Fremden nicht versteht, so wie wir vieles bei euch auch nicht verstehen.

Unsere Insel zählte früher zu den reichsten Inseln Griechenlands. Oliven, Obst, Wein, die Seefahrt und vor allem die Mastixbäume haben die Inselbewohner wohlhabend gemacht. Kennen Sie den Mastix?"

„Ja, ich habe mir einen Mastixhain nördlich von Chalkios angesehen. Es ist eine mühselige Arbeit, den Harz im Streusand aufzufangen und Tropfen für Tropfen herauszusammeln. Es waren überwiegend ältere Frauen, die diese Arbeit verrichteten", antwortete ich.

„Sehen Sie, das ist es. Der Tourismus lockt die jungen Leute aus den Bergen an die Küste. Hier können sie im schwarzen Anzug die Gäste an den weißgedeckten Tischen bedienen. Im Vergleich zu dem harten Broterwerb in den Bergen ist das eine saubere, leichte und gut bezahlte Arbeit.

Aber für unsere Dörfer ist es nicht gut, nur die Alten und Kranken bleiben dort und irgendwann sterben sie ganz aus.

Der Tourismus bringt uns Geld, leicht verdientes Geld, aber wir müssen dafür bezahlen, mit unserem Stolz und unserer Identität.

Ich hatte mir einige Dörfer im Inselinneren angesehen, ja, er hatte recht. Nur Alte und die Lebensbedingungen waren erschreckend primitiv.

Eine ganze Weile saßen wir schweigend da. Tranken unsere Gläser leer und bestellten neu.

Er schaute an mir vorbei auf das Land und begann leise zu sprechen: „Wir haben eine große Vergangenheit. Homer soll hier seine Epen, die ‚Ilias' und die ‚Odyssee' geschrieben haben. In der hellenistischen Zeit entwickelten wir die Astronomie, die Physik, die Geographie und die Philosophie. Wir haben die Römer, die Byzantiner und die Türken überstanden. Je schrecklicher die Zeiten waren, um so mehr wurde unser Volk zusammengeschweißt, nie hat es seinen Stolz, seine Würde verloren.

Die neue Zeit macht uns das Leben leichter. In den Sommermonaten gibt es Arbeit für jeden. Selbst aus der Athener Region kommen die Menschen hierher, um Geld zu verdienen. Doch die Menschen verändern sich. Vor wenigen Jahren noch, musste man sein Haus nicht verschließen, es gab keine Familienprobleme. Die Menschen waren zufriedener als sie es heute sind.

Er sah mich lange nachdenklich an, dann fuhr er fort: „Meine Freunde und ich haben hier oben eine Nische gefunden. Hier können wir noch unter uns sein, so wie früher. Ja, so merkwürdig es klingen mag, es ist unser Versteck, vielleicht unser letztes Versteck.

Tagsüber arbeiten wir für die Fremden, sind freundlich zu ihnen, doch abends kommen wir hierher und holen uns das, was wir tagsüber verstecken müssen, unsere Identität und wir sind glücklich.

Glauben Sie mir, wir haben nichts gegen Sie persönlich, aber Sie sind ein Fremder, und wir befürchten, dass auch andere Fremde hierher kommen, dann geht unsere Nische für immer verloren.."

Ich sah ihn lange nachdenklich an.

Das Zirpen der Grillen war verstummt. Der Himmel war jetzt tiefschwarz und voller Sterne. Auch das Meer war schwarz und von der Küste Kleinasiens flimmerten die Lichter einiger Ortschaften herüber.

„Ich danke Ihnen", sagte ich, „ich danke Ihnen für Ihre Offenheit. Darf ich Sie zu einem letzten Glas einladen?"

Er nickte: „Gern."

Als wir die Gläser geleert hatten, erhob ich mich: „Ich wünsche Ihnen und ihren Freunden, dass niemand Ihnen dieses hier nehmen wird und glauben Sie mir, ich am allerwenigsten."

Ich reichte ihm die Hand, er drückte sie, schweigend verabschiedeten wir uns. Ich ging erhobenen Hauptes, ohne mich noch einmal umzudrehen.

Wo warst du, Junge?

In jedes Menschen Zeit gibt es Augenblicke, die unvergesslich bleiben. Das Erlebte dringt ins Gedächtnis, wird auf sonderbare Weise eingebettet in jenem filigranen Netzwerk, für immer bleibend, unauslöschbar.

Ein Erlebnis solcher Art hatte ich als neunjähriger Knabe. So erinnere ich mich noch sehr gut an ein Ereignis im Sommer des Jahres 1944, jenen Tag, an dem just die schaudernde Todesfurcht wie ein Schatten an mir vorüberstreifte. Jedoch, bewusst wurde es mir erst im Nachhinein.

Heute meine ich zu wissen: Die Ursache der Furcht vor dem Tod liegt nicht im Tode selbst. Die Bangigkeit vor dem Danach ist es – oder noch mehr die vor dem Davor? Vielleicht auch vor dem Geheimnis der geborgten Zeit, in der wir leben.

Mein Erlebnis begann, als ich beim Einfahren der Kornernte auf einem Zugpferd mitreiten durfte. Wir ritten auf den Kaltblütern eines Leiterwagengespanns. Zur Linken Alexandr, der Kutscher, ein russischer Kriegsgefangener, der zur Erntearbeit auf dem Gut abkommandiert war. Neben ihm, auf dem rechten Pferd, saß ich.

Im Dunst vom Schweiß der Pferde, vermengt mit ihrem ammoniakhaltigen Harngeruch, dem Tran des gefetteten Zuggeschirrs und dem Duft gemähter Kornfelder, ritten wir in ruhiger Gangart frohgemut und schweigend dahin.

Hinter uns das Rumpeln der eisenbeschlagenen Räder des Leiterwagens auf dem Kopfsteinpflaster, das in der Sonne glänzende Fell der Pferde und den metallenen Takt der beschlagenen Hufe unter uns. Beidseitig der graubraun gepflasterten Obstbaumallee, die sich schlingernd durch die weite, leicht hügelige Landschaft wand, die zum Teil schon abgeernteten Kornfelder.

Hier und da, von kleinen Erlen, Holunderbeersträuchern und Haselnussbüschen gesäumte Mergelkuhlen. Überbleibsel einer Zeit, da der mit kohlensaurem Kalk durchsetzter Boden ausgehoben und zur Düngung der Felder genutzt wurde.

Heute waren es kleine Refugien. Mit ihren dichten, hohen Schilfgürteln und den mit wucherndem Unkraut bewachsenen Rändern dienten sie den Stockenten und vielerlei Vogelarten als ungestörte Brutstätten.

Wanderte der Blick weiter ostwärts über einen kleinen in einer Senke stehenden Buchenhain hinweg, sah man die dunkelroten Dächer des Nachbarortes, überragt von dem spitzen, schiefergedecktem Turm der Dorfkirche.

Es war ein herrlicher Hochsommertag. Der Himmel hellblau, gesprenkelt nur mit wenigen kleinen Quellwolken, deren abgestrahltes gleißendes Weiß in der flimmernden Luft fast blendete. Eine sachte, angenehm frische Brise machte die Hitze erträglich.

Die Kornernte erreichte ihren Höhepunkt. Vor wenigen Wochen noch hatte das dumpfe Bullern der Lanz-Bulldogs, das Klappern der Selbstbinder und das wohlklingende Dengeln der Sensen das Dorf erfüllt. Dann wurde es ruhig. Die auf den Feldern liegenden Korngarben wurden zu Hocken aufgestellt. Einige Tage später, nach zwei Regentagen, musste noch einmal umgehockt werden.

Nun war man dabei, die Ernte einzufahren. Die Scheunen waren nahezu gefüllt. Kornschober, die Konturen von großen Häuserblocks annahmen, wurden im Freien errichtet.

Wir näherten uns dem zum Gut gehörenden großen Kornfeld. Zehn bis fünfzehn Wagen wurden hier gleichzeitig beladen. Männer, die Korngarben auf die Leiterwagen stakten, Frauen auf den Wagen, die diese sorgfältig packten.

Die Menschen, die hier geschäftig ernteten, waren, bis auf den Vorarbeiter, aus Russland und Polen zur Zwangsarbeit nach Deutschland deportiert worden.

Die Frauen trugen weiße Kopftücher. Von den Alliierten abgeworfene Flugblätter hatten sie dazu aufgefordert. Als Erkennungszeichen und damit garantiertem Schutz vor Tieffliegerangriffen. So hieß es!

Als wir auf dem Feld angekommen waren, kam der Vorarbeiter auf uns zu und gab Alexandr irgendwelche Anweisungen. Da sah ich sie kommen! Auch heute noch bin ich davon überzeugt, dass ich der erste war, der sie erblickte. Sie kamen aus der Sonne. Erst waren es nur zwei winzig kleine Punkte, die schnell größer und größer wurden. Plötzlich setzten sie zum Sturzflug an. Fast senkrecht, wie Hornissen, fielen sie mit dröhnenden Motoren vom Himmel. Nun konnte ich die blau-weiß-roten Kokarden auf den Trag- flächen deutlich erkennen. Fünfzig Meter über Grund fingen sie sich ab. Rasend kamen sie jetzt näher.

Was dann geschah, erlebte ich in einer Art von Trance, jedoch mit einer ungemeinen Faszination und -wohlgemerkt- frei von jeglicher Angst.

Sie mussten das Feuer aus großer Entfernung eröffnet haben, denn bevor das Rattern der Bord- waffen zu hören war, detonierten die ersten mit Überschall fliegenden Sprengbrandgeschosse mit hartem, peitschenden Knall am Boden.

Alexandr packte mich, ließ sich gleichzeitig, nach links gleitend, vom Pferd fallen, schleifte mich fünf, acht Meter weg vom Fuhrwerk, drückte meinen Körper auf den Boden und warf sich schützend über mich.

Ich konnte jetzt nichts mehr sehen. Die zwei Spitfires mussten uns überflogen haben, denn das tosende Gebrause ihrer Motoren ging in ein tiefes, dumpfes Gebrumm über.

Alexandr riss mich vom Boden, schrie mir etwas zu, dann rannten wir wie die Hasen auf den nächstgelegenen Knick zu. Im Laufen sah ich die zwei Kampfflieger in Schräglage eine Schleife fliegen.

Am Knick wurde ich mit einem kräftigen Stoß durch das Gebüsch über einen kleinen Wall in eine mit Brennesseln und Disteln überwucherte Vertiefung geschoben. Alexandr sprang hinterher, gerade noch rechtzeitig. Denn erneut hörten wir das Rattern der Bordwaffen, das Peitschen der Detonationen und das Schwirren der Splitter.

Dann geschah etwas bis heute für mich Unerklärbares.

Für einige Augenblicke vergaß ich alles um mich herum. Mein Augenmerk galt einer Schnecke, die, mit ihren Fühlern und den kugelrunden Augen an den Enden nach allen Seiten tastend, auf einem Blatt kriechend ihre schleimige Spur zog.

Wenn ich mich heute zurückerinnere, so bin ich davon überzeugt: Ein schmerzloser Tod in diesem Augenblick wäre für mich ein nichtssagendes Ereignis gewesen!

Jedoch wäre es geschehen, nie hätte ich die Schönheiten des Lebens in all seinen Facetten erfahren. Bis dahin habe ich immer nur Liebe empfangen dürfen. Liebe zu schenken, wäre mir verwehrt geblieben. Das, so meine ich, ist die eigentliche Tragik eines jeden kurzen Lebens.

Ein plötzlicher, markerschütternd wiehernder Schrei riss mich aus meiner Versunkenheit. Wir sprangen auf. Von den Fliegern war nichts mehr zu hören. Es herrschte eine Stille, wie man sie bei Gewittern, kurz bevor der Regen einsetzt, erleben kann.

Auf dem Feld standen einige Gespanne noch an der gleichen Stelle, so als wäre nichts geschehen. Bei anderen müssen die Pferde durchgegangen sein, sie standen kreuz und quer über dem Acker verteilt.

Einige Arbeiter lagen noch am Boden, andere erhoben sich gerade, wieder andere standen bereits. Alle blickten in Richtung unseres Gespanns. Dann sah auch ich es.

Unser Gespann lag auf dem Boden. Das Pferd auf dem ich geritten war, mit unnatürlich verrenkten Gliedern, wie eine Marionettenfigur deren Fäden gerissen waren. Es bewegte sich nicht mehr.

Rechtwinklig zum Wagen lag das andere Pferd, Hinterhand und Leib von den Geschossgarben zerfetzt. Ich konnte das graugrüne Eingeweide, das wie eine verwirrend hässliche Riesengeschwulst aus dem Bauch quoll, sehen. Den Kopf auf die nach vorn ausgestreckten Vorderläufe gelegt, lag es in einer Blutlache, die in der

Sonne in einem dunkelroten, samtenen Farbton schimmerte.

Dann hob es das Haupt, schrie noch einmal klagend den Schmerz der geschundenen Kreatur in den Himmel, dass es mir eiskalt den Rücken herunterlief. Ich hörte einen dumpfen, hohlen Schlag, als der Kopf auf den Boden fiel, sah ein letztes Zucken, dann war es vorbei.

Alexandr lief zu seinem Gespann, ich sprang hinterher. Auf halber Strecke blieb er stehen, drehte sich zu mir und sagte: „Geh nach Hause, Herbert, lauf zu deiner Mutter!" Als ich nicht reagierte, schrie er mich an: „Hau ab! Das hier ist nichts für dich. Hau endlich ab!"

Erschrocken fuhr ich zusammen. Dann sah ich sein Gesicht. Angst, Wut und Schmerz hatten dieses freundlich-gutmütige Gesicht zu einer furchterregenden Fratze verzerrt. Der Anblick dieses Gesichtszuges riss mich aus meinem Trancezustand.

Erst jetzt spürte ich das durch die Brennesseln hervorgerufene, schmerzhafte Brennen, sah, dass die nackte Haut an den Armen und Beinen und am Oberkörper rot und voller Quaddeln war. Jetzt fing ich zu weinen an, drehte mich um und lief panikartig davon. Alexandr habe ich nicht wiedergesehen.

Ich weiß heute nicht mehr wie ich nach Hause gekommen bin. Meine Mutter stand vor unserem Haus. Sie sah mich sorgenvoll-ängstlich an. „Wo warst du, Junge?" fragte sie. Irgendwie habe ich mich herausgeredet. Die Wahrheit hat sie erst sehr viel später erfahren.

Eleonore

Die Männer saßen mit ernsten Mienen in der kleinen Amtsstube der Bürgermeisterei. Neben dem Bürgermeister waren es der für die Gemeinde zuständiger Amtsarzt und der Gendarm. Ihre Untersuchungen, die jetzt zu Protokoll genommen wurden, hatten ergeben, dass die neunzehnjährige Magd Eleonore S. mit an Sicherheit grenzende Wahrscheinlichkeit während eines epileptischen Anfalls von einem Bullen aufgespießt und zertrampelt wurde.

Ein Verschulden Dritter lag nicht vor. Es war ein schrecklicher Unfall. Man würde das Protokoll an die zuständigen Behörden und, da keine Angehörigen bekannt waren, auch an die Suchdienstzentrale des Deutschen Roten Kreuzes weiterleiten. Mehr konnte man nicht tun.

Was die Männer nicht wissen konnten und auch nie erfahren würden: Die Ursächlichkeit dieses Dramas lag sechs Jahre zurück.

Es begann im Januar 1945. Für viele die schlimmste Zeit seit Menschengedenken. Von Tag zu Tag rückte die Front näher. Über den Rundfunk wurden apokalyptische Meldungen ausgestrahlt. Von unvorstellbaren Gräueltaten wurde berichtet. Die Rote Armee vergewaltige Frauen, quäle, morde und verstümmele alle deutschstämmigen Menschen. Später erfuhr man, dass solche Meldungen den Durchhaltewillen der Wehrmacht an der Ostfront stärken sollten. Man erfuhr aber auch, dass durch den angestauten Hass und durch die Agitation von sowjetische Seite zigtausend von Unschuldigen solchen grauenerre- genden Taten zum Opfer gefallen sind.

Wie so viele, hatte sich auch Eleonores Mutter viel zu spät zur Flucht entschlossen. Denn, nur zögernd und für viele immer noch nicht erfassbar, kam den Menschen die erschütternde Einsicht, dass sie der Propaganda auf den Leim gegangen sind. Die Versprechungen, die Front würde halten und eine deutsche Gegenoffensive stünde kurz bevor, nichts anderes waren, als eine lügnerische, menschenverachtende Hinhaltetaktik.

In Frankfurt, so wurde erzählt, werden Eisenbahntransporte nach Westen zusammengestellt. Sie mussten die vierzig Kilometer bis zur Oder schaffen.

Bei klirrender Kälte von zwanzig Minusgraden, einem eisigen Nordwind und starkem Schneegestöber machte sich Eleonores Mutter mit ihrer dreizehnjährigen Tochter, dem siebenjährigen Albert und zwei weiteren Hausbewohnerinnen auf den Weg.

Auf der Straße wurden sie immer wieder von Kraftfahrzeugen, Ackerschleppern und Planwagen überholt. Um nicht überrollt zu werden, mussten sie ausweichen, rutschten in den Straßengraben oder steckten in Schneewehen fest.

Gegen Abend hatten sie gerade elf Kilometer zurückgelegt.

Gottlob fanden sie auf einem verlassenen Bauernhof eine Bleibe für die Nacht. Die Räume des Bauernhauses waren überfüllt mit Flüchtlingen, aber man hatte sie beheizt. So war es angenehm warm. In dieser Nacht fing Albert zu kränkeln an. Schüttelfrost, Hustenanfälle und Fieber machte ein Weiterziehen am nächsten Morgen unmöglich.

Schon früh machten sich die Flüchtlinge auf den Weg. Auch die beiden Nachbarinnen zogen weiter. Jetzt waren sie ganz allein. Brennholz war genügend vorhanden. Auch Kartoffel und in dem Vorratsraum standen noch einige Weckgläser und Einmachdosen.

Albert ging es gar nicht gut. Die Wangen hochrot, lag er benommen, in Decken eingewickelt, klagte mit flacher Atmung über Schmerzen beim Husten. Seine Mutter durchsuchte das ganze Haus nach Medikamenten, doch sie fand keine.

Gegen Abend kamen wieder einige Flüchtlinge. Die Russen seien nur noch einige Kilometer entfernt, erzählten sie. Deshalb wolle man sich nur etwas aufwärmen und sofort weiterziehen. Von einer Flüchtlingsfrau bekam Eleonores Mutter eine Flasche Hustensaft, so konnten Alberts Schmerzen etwas gelindert werden.

Die ganze Nacht und den nächsten Vormittag verbrachten die drei alleine auf dem Hof.

Dann, am Nachmittag des dritten Tages, wurden sie von der Front überrollt. Die ersten Rotarmisten die sie sahen, kamen mit einem Schützenpanzer auf den Hof gefahren. Mit vorgehaltenen Maschinenpistolen durchsuchten sie das Haus und die Stallungen. Im gebrochenen Deutsch wurde Eleonores Mutter nach deutschen Soldaten befragt. Sie beteuerte immer wieder, dass es hier keine Soldaten gäbe. Die Russen taten ihnen nichts und nach einer Stunde fuhren sie weiter. Der Spuk war vorbei.

Eleonores Mutter schöpfte wieder Hoffnung. Vielleicht war es doch nicht so schlimm, wie im Rundfunk berichtet. Den ganzen Tag über geschah nichts mehr.

Am Vormittag des vierten Tages ihrer Flucht kamen die nächsten Russen. Ein Konvoi von vier Lastwagen. Wiederum wurden Haus und Stallungen durchsucht. Die dreiköpfige Familie musste das Haus verlassen und sich eine Bleibe im leerstehenden Schweinestall suchen. In einem Koben, den sie mit Stroh füllten, richteten sie sich ein Lager ein. Um Albert warm zu halten, wickelte Eleonores Mutter ihn in ihren Mantel ein.

Stunden später.

Die Russen im Haus schienen zu feiern. Man hörte eine Ziehharmonika spielen, Gesang und

Gejohle.

Plötzlich stürmte eine Horde von Soldateska in den Stall. Sie packten die Frau und das Mädchen und zerrten sie aus den Koben. Eleonores Mutter konnte sich für einen kurzen Moment befreien. Es gelang ihr, Eleonore den Soldaten zu entreißen und sie in den Koben zurückzustoßen. Ihr Flehen und Bitten, dem Kind nichts zu tun, stattdessen sie mitzunehmen, fand kein Gehör. Sie wurde geschlagen und aus dem Stall geschleift.

Zwei Rotarmisten ergriffen die schluchzende Eleonore und schleppten sie hinterher. Sie wurden über den Hof in das Haus gezerrt.

Das letzte was Eleonore von ihrer Mutter sehen sollte, war, dass man sie in das Wohnzimmer stieß, in dem sie die letzten Tage verbracht hatten.

Sie selbst wurde von den Männern die Treppe hochgeschleift. Man warf sie auf ein Bett nahe dem Fenster und begann, sie mit roher Gewalt zu entkleiden. Dann geschah etwas, was die letzten Jahre ihres Lebens folgenschwer bestimmen sollte.

Durch eine zerborstene Fensterscheibe sah sie den Ast einer vor dem Haus stehenden großen Fichte. Unter der schweren Last des Schnees war er tief nach unten gedrückt. Dort saß nahe dem Stamm ein Eichhörnchen. Es saß nur da und schaute sie an. Es war nur ein kurzer Augenblick, aber alles was sie jetzt an Qual, Leid und Pein erleben musste, würde für immer in einer mysteriösen Verknüpfung mit einem Eichhörnchen stehen. Von diesem Augenblick an, sollte der Anblick eines Eichhörnchens für sie die Aura eines bevorstehenden Martyriums sein, vor dem es kein Entrinnen gab.

Im Wechsel von Halluzinationen und grausamer Wirklichkeit sah sie erdbraune Uniformen mit hellen ovalen Flecken dort, wo eigentlich Gesichter sein sollten. Dann verlor sie das Bewusstsein. Fiel tiefer und tiefer in etwas, das nicht mehr weh tat.

Ganz von weitem meinte sie irgend wann Schüsse zu hören, dann Motorengeräusche, dann wieder Stille.

Als sie wieder bei vollem Bewusstsein war, lag sie in einem Raum voller verwundeten deutschen Soldaten. Von dem Stabsarzt erfuhr sie, dass ein Stoßtrupp sie von der Front mitgebracht habe. Zum Verbleib ihrer Mutter und Alberts konnte der Arzt nichts sagen und die Soldaten, die sie hierher brachten, seien schon wieder im Einsatz.

Einen Tag später wurde sie mit einem Eisenbahntransport nach Westen gebracht. Die nächsten zwei Jahre verbrachte sie in Flüchtlingslagern einer Großstadt. Nachdem sie die Schule verlassen hatte, brachte man sie auf einem Bauernhof als Magd unter.

Die Suche nach ihren Eltern, ihrem Bruder und

nach Verwandten blieb ohne Erfolg. Ihre furchtbaren Erlebnisse versuchte sie zu verdrängen. Auf sich allein gestellt, versuchte sie herauszukommen aus dem verstrickenden Wirrwarr der Gedanken, Erinnerungen und Bildern. Doch immer war da eine Ahnung, ein unbewusstes Warten auf etwas Heimtückisches, Bösartiges das da in der Tiefe der Vergangenheit bedrohlich auf sie wartete.

Eines Tages geschah es!

Es war bei der Kartoffelernte. Gerade als sie einen Korb voller Kartoffel auf einen Wagen schütten wollte, sah sie auf einen kleinen Kastanienhain. Erst sah sie nur die Bäume, aber wie von einem Magneten wurde ihr Blick auf etwas Helles, Braunes gezogen. Ein Eichhörnchen. Sie erstarrte.

Alles war sie in den letzten Jahren verdrängt hatte, war auf einmal wieder daseiend. Starr vor Angst fing sie an zu wimmern, zu schluchzen, schrie und gab unnatürliche Laute von sich, bis sie besinnungslos zu Boden fiel.

Am darauffolgenden Tag wurde sie zum Arzt gebracht. Scheu, Scham und die Furcht, von diesem fremden Mann mit dem Stigma einer geistig Verwirrten versehen zu werden, ließen die jetzt gegebene Chance des Sichöffnens nicht zu. So war es für den Arzt klar. Die Symptome waren eindeutig. Eleonore war Epileptikerin. In den nächsten Jahren bekam sie noch mehrere epileptische Anfälle, wie die Leute meinten.

Dann kam jener verhängnisvoller Tag. Eleonore sollte auf einer Weide die Tränke nachfüllen. Auf der Weide grasten Jungtiere und ein Bulle. Eigentlich war es ganz ungefährlich und Eleonore hatte es schon oft getan. Die Tränke mit der Pumpe stand nahe dem Gatter. Man hatte nur darauf zu achten, dass eine sichere Entfernung zum Stier gegeben war. Sollte dieser zur Tränke kommen, konnte man sich rechtzeitig in Sicherheit bringen.

Eleonore sah, dass die Herde am unteren Teil der Weide graste. Sie pumpte die Tränke voll. Dann fiel ihr auf, dass der Abfluss undicht war. Sie beugte sich, um an dem Hebel zu drehen.

Jetzt geschah es!

In gebückter Haltung fiel ihr Blick auf eine Baumgruppe. Dort sah sie ein Eichhörnchen.

Sie erstarrte, fing an zu schreien, zu wimmern.

Diese Laute mussten den Bullen gereizt haben. Fauchen stürmte er auf das schreiende Mädchen zu.

Eleonore hat nichts gespürt. Als sich das Horn in ihr Herz bohrte, fiel sie wie damals tiefer und tiefer. Jedoch es war anders. Es war so weich, so wohlig. Das Letzte was sie wahrnahm, war etwas Helles, Strahlendes und aus diesem gleißenden Licht sahen ihr Vater, ihre Mutter und Albert sie an. Eleonore war wieder bei ihrer Familie!

Ein Soldat

Der Soldat hockte zusammengekauert in dem kleinen Schützenloch. Vor zwei Stunden hatte ihn der Unteroffizier hier eingewiesen. „Bauen Sie die Stellung weiter aus, aber vergessen Sie dabei nicht das Absichern und keine Bewegungen die Sie verraten könnten", hatte er gesagt. Und schon im Gehen: „Ich lasse Sie heute Nacht irgendwann ablösen." Dann war er verschwunden.

„Irgendwann ablösen, was soll das, kann dieser Kommisskopf keine Uhrzeit angeben? Aber so sind sie beim Militär, sich nur nicht festlegen, dann kann einem niemand an den Karren pissen", fluchte er vor sich hin.

Der Zugführer wird dem Unteroffizier schon mit einer anderen Aufgabe beschäftigen, vielleicht denkt dieser Trottel gar nicht mehr an mich. So ein Mist, auf niemanden in dieser Scheißarmee kann man sich verlassen. Die Stellung weiter ausbauen, ohne sich zu bewegen, wie stellt sich das dieser Klugscheißer eigentlich vor, grübelte er so vor sich hin.

Er war sich ziemlich sicher, der Einsatzort der Kompanie würde heute Nacht noch angegriffen. „Diese Schlaffis im Bataillon lassen sich schon etwas einfallen, um unsereinen zu schikanieren.

Man sollte die gesamte Stabsscheißbagage auf den Mond schießen", brummte er.

Es konnten Panzer kommen. Das war kein Problem, die hörte man schon von weitem. Anzahl, Entfernung und Richtung über das Feldtelefon an den Gefechtsstand melden, das war alles was er zu tun hatte.

Doch was war, wenn ein gegnerischer Spähtrupp die Leitung kappte? Was sollte er dann tun? Davon hatte der Unteroffizier nichts gesagt. Er hatte auch nicht danach gefragt. Das ärgerte ihn jetzt.

„In diesem Sauladen muss man aber auch an alles selber denken", schimpfte er vor sich hin und überlegte, ob er dann seine Stellung verlassen und mündlich melden müsste.

Anderseits hatte man ihnen beigebracht, eine Stellung ohne Befehl zu verlassen, sei so ziemlich das Schlimmste, was ein Soldat tun könne.

Natürlich gab es, wie immer in dieser verfluchten Armee, Ausnahmen. Ausnahmen waren das Credo der Auftragstaktik. Konnte man sie überzeugend begründen, dann ließ sich fast jeder Befehl abändern. „Überzeugend begründen", schnaufte er wütend. Es gab da Tricks, aber die kannten nur die Offiziere und die erfahrenen Feldwebel. Außerdem war es eine Auslegungssache. Der einfache Soldat, der das militärische Vokabular der Taktik nicht beherrschte, war diesbezüglich immer im Arsch gekniffen.

Nun, vielleicht griff der Gegner an einer anderen Stelle an. Man sollte nicht immer mit dem Schlimmsten rechnen.

Es war Vollmond. Das bleiche Mondlicht gab eine recht gute Sicht. Nur wenn sich eine Wolke vor den Mond schob, war die Sicht gleich Null.
Fünfhundert Meter waren es bis zum gegenüberliegenden Waldstück. Wenn sie kommen, müssen sie über das freie Feld. Ich werde sie schon rechtzeitig bemerken, beruhigte er sich.
Obwohl es Sommer war, war es doch kalt. Tagsüber noch war es sehr heiß gewesen, doch am Abend gab es einen Temperatursturz. Niemand hatte an warme Bekleidung gedacht. Schuld hatte natürlich der Spieß. Er hätte die Soldaten darauf hinweisen müssen. „Diese Pfeife vergisst aber auch alles", platzte es aus ihm heraus.

Vom gegenüberliegenden Wald hörte er jetzt das Gurren einer Wildtaube. Irgendwo fiepte leise ein Reh, die Luft war geschwängert mit dem Geruch von Harz und Kiefernnadeln vermischt mit dem modrigem Pilzgeruch. Durch die Abkühlung kondensierte die kalte Luft über dem aufgewärmten Boden, kleine Nebelbänke bildeten sich hier und da über dem Acker.
Rechts vor seiner Stellung sah er weit hinter dem großen Flusstal die Lichter einer Ortschaft flimmern. Mit Wehmut dachte er jetzt an sein Zu-

hause, sein warmes Zimmer, sein weiches Bett und an Katrin. Für einen Augenblick vergaß er alles um sich herum. Dann auf einmal war die Gegenwart wieder da. Er spürte die Kälte, die Müdigkeit und den Stress der letzten Tage.

Vor vier Tagen waren sie zum Manöver ausgerückt. Damals waren sie noch bei guter Stimmung. Beim Aufstellen der Marschkolonnen hatte der Zugführer des leichten Zuges, den sie VOMAG nannten, was so viel hieß wie „Volksoffizier mit Arbeitergesicht", eine große Tafel aufgestellt. In großen Lettern stand darauf: Y-REISEN! Wir buchen, Sie fluchen!
Seinerzeit hatten sie noch darüber gelacht, aber dann ging es los. Erkundungen, Beziehen der Einsatzorte, Absichern, Tarnen, Herstellung der Einsatzbereitschaft, Befehlsausgaben. Kaum hatte man alles erledigt, musste der Kompanie-Chef zum Bataillon. Neuer Einsatzort und die ganze Scheiße ging von vorne los.
Keine acht Stunden haben sie geschlafen. Selbst der Chef, ein gestandener und erfahrener Offizier, der sich vom Unteroffizier hochgedient hatte, schien mit dem Vorhaben der Bataillonsführung nicht immer einverstanden zu sein.
Als er heute am Nachmittag eine Meldung zum Kompaniegefechtsstand bringen musste, hatte er ein Gespräch zwischen dem Chef und dem Spieß mitgehört.

Der Kompaniefeldwebel hatte gesagt: „Herr Hauptmann, wenn nicht bald etwas Ruhe eintritt, halten die Männer es nicht mehr durch. Eine warme Mahlzeit und sechs bis acht Stunden Schlaf in mehr als drei Tagen, wir sind an der Grenze angelangt, Herr Hauptmann!"

Der Chef hatte ihn nur angesehen, hatte kurz genickt und sich dann zum Kompanietruppführer gewandt, der auf der Einsatzkarte die roten und blauen taktischen Zeichen korrigierte. Mit dem Finger deutete der Chef auf einen blauen Kreis, dann sagte er: „Der nächste Einsatzort steht, falls sich nichts an der Gesamtlage ändert, schon fest, nur der Zeitpunkt der Verlegung wird noch geheim gehalten.

Er überlegte, kratzte sich am Kopf und fuhr fort: „Ich habe unsere Lage im Bataillon vorgetragen. Habe gesagt, dass ich die Verantwortung für eine Verlegung nicht übernehme, bevor zumindest die Kraftfahrer sechs Stunden zusammenhängend geschlafen haben."

„Und die Antwort, Herr Hauptmann?" fragte der Spieß. „Keine Antwort", sagte der Chef.

Dem Spieß hatte man die Enttäuschung förmlich angesehen. Er wollte wieder ansetzen, doch der Chef ließ ihn nicht zu Wort kommen.

„Machen sie sich keine Sorgen. Beim Militär macht man mit verantwortungslos herbeigeführten Unfällen keine Karriere und die Bataillonsführung weiß das."

Irgendwie hatte ihm der Chef imponiert und es war nicht das erste Mal. Da war die Sache mit dem Licht.

Vom Bataillon war befohlen worden, die Einsatzorte bei Nacht mit Tarnlicht zu beziehen. Das war eine heikle Situation. Militärfahrzeuge mit Tarnlicht waren für zivile Fahrzeuge so gut wie gar nicht zu erkennen. Auch wenn es des Nachts nur einen geringen Zivilverkehr gab, war es nicht ungefährlich. Daher ließ der Chef seine Kompanie mit Licht fahren. Das war eindeutig eine „Nichtausführung eines Befehls". Einige nannten es auch, natürlich nur unter vorgehaltene Hand, eine Befehlsverweigerung.

Nun, der Kompanie-Chef musste sich daraufhin beim Bataillon melden. Doch anscheinend musste er sich durchgesetzt haben, denn nicht nur sie, sondern alle fünf Kompanien des Bataillons, bezogen ihre Einsatzorte von da an mit Licht.

„Unser Chef ist schon in Ordnung", murmelte er. „Er ist zwar auch ein Kommisskopf, aber er ist ehrlich, gerecht und vor allem kein Arschkriecher.

Insgeheim hoffte er, dass der Hauptmann bei ihm auftauchen würde. Er war dafür bekannt, dass er alles kontrollierte. Der würde bestimmt dafür sorgen, dass man ihn ablöste. Aber niemand kam. So etwas wie Selbstmitleid überfiel ihn jetzt. Es tat irgendwie wohl. Ehrlich, man darf den Vorgesetzten niemals trauen. Sie haben nur eines im Sinn: Soldaten fertig zu machen. Niemand von dieser Saubande dachte an ihn hier in der Wildnis.

Plötzlich, ein knirschend-mahlendes Geräusch. Nun war er hellwach. Konzentriert horchte er. Was konnte das sein?

Vor den Mond hatte sich wieder einmal eine Wolke geschoben, er konnte nichts sehen. Dieses an den Nerven zerrende merkwürdige Geräusch hörte sich an, als würde sich ein riesiges Ungetüm über einen mit Glasscherben bestreuten Weg daherwälzen. Hin und wieder, verstummte dieses Geraschel und Geknister, um dann wieder näher und näher zu kommen. Langsam, viel zu langsam schob sich der Mond hinter der Wolke hervor.

Und dann waren sie da, die Panzerspähwagen. Etwa zweihundert Meter vor seiner Stellung. Im Halbdunkel des Mondlichtes, aus der Perspektive des Schützenlochs, wirkten sie gigantisch und monströs. Wie gewaltige Ungeheuer die langsam, aber unablässig näher und näher kamen. Ihre geräuscharmen Motore waren nicht zu hören, nur das Knirschen der Räder auf dem steinigen Acker.

Der linke von ihnen hielt direkt auf seine Stellung zu. Ein dumpfes Gefühl befiel ihn, er wusste nicht was es war.

Die Phantasie ließ ein furchtbares Szenario ablaufen, welches er schon oft in Filmen und im Fernsehen gesehen hatte. Da waren russische

Panzer, sie fuhren über Schützenlöcher, drehten sich und zermalmten alles.

Was war wenn die Panzerbesatzung ihn nicht sah und sein Schützenloch überrollte? Sie hatten sich während der Grundausbildung, in Stellungen liegend, von Panzern überrollen lassen, aber da war immer alles gut abgesichert. Hätte er doch auf den Unteroffizier gehört und seine Stellung weiter, vor allem tiefer ausgebaut. Doch diese Erkenntnis kam zu spät.

Auf einmal viel es wie Schuppen von seinen Augen. Ihm wurde deutlich klar, was dieses beklemmende Gefühl war. Es war die Angst. Aber eine Angst die er so noch nicht erlebt hatte. Er hatte schon viele Ängste erlebt. Als Kind Angst vor seinem Vater, wenn er etwas verbockt hatte. Auf dem Schulweg Angst vor einigen gemeinen Schulkameraden. Angst in der Schule vor Klassenarbeiten und Angst vor seinem bösartigen Meister in der Lehrzeit. Und jede Angst war anders als die andere.

Jetzt hier im Schützenloch erkannte er, diese Angst hier war die bisher nicht bewusst erlebte Angst um das nackte Leben.

Er musste etwas tun. Die Meldung!

Die Meldung an den Gefechtsstand hatte er ganz vergessen. Wie verrückt tastete er nach dem Feldtelefon. Wo war die Kurbel? Er konnte sie nicht finden. Doch da war sie. Das Feldtelefon stand verkehrt herum. Er drehte hastig. Einige Sekun-

den vergingen; sie kamen ihm wie eine Ewigkeit
vor.

Die Panzerspähwagen hielten jetzt fünfzig Meter
vor seiner Stellung. Nun konnte er auch das leise
Blubbern der extrem schallgedämpften Auspuff-
rohre wahrnehmen.

„Hier FALKE, hier FALKE, kommen!", schnarrte
es endlich in der Hörmuschel.

„Hier BRAVO, melde drei feindliche Panzerspähwagen fünfzig Meter vor meiner Stellung, keine
Infanterie. Kommen!"

„Verstanden!", schnarrte die Stimme des Haupt-
feldwebels. „Panzerabwehrtrupp schon unter-
wegs. An der zweiten Linie schnappen wir sie.
Ende!"

Es klickte in der Leitung.

Das Telefongespräch hatte ihn abgelenkt, die
Angst war wie weggeflogen. Der Hauptfeldwebel
war schon ein toller Hund, ein Ass. Er fragte
nicht, er handelte.

Der Spähwagen vor seiner Stellung fuhr wieder
an, drehte etwas nach rechts, zog zwei drei Meter
neben seinem Schützenloch und hielt.

Der Kommandant beugte sich aus seinem Turm.

„Müssen Sie Kalkeimer Ihre lächerliche Stellung
ausgerechnet auf meiner Fahrstrecke bauen? Aber
aller Achtung, Angst kennen Sie wohl nicht."

Sprach`s, verschwand in seinen Turm und fuhr
weiter.

„Warte, Junge", flüsterte er, „meine Kameraden werden dir gleich Feuer unterm Arsch machen!" Bei diesem Gedanken befiel ihn jetzt das wohlige Gefühl des Stolzes.

Eine verdammt gute, ja, eine scheißgute Armee war das schon. Und „ER" gehörte dazu.

Quo vadis societas

Auch die Jungen meiner Generation hatten ihre Träume. Von einer chauvinistischen Gesellschaft indoktriniert schwärmten sie bis zum Jahre 1945 von Kriegshelden. Sie wollten Kommandant eines U-Bootes werden oder Jagdflieger. Einige auch nur Panzerfahrer oder MG-Schütze. Aber alle wollten es zum Ritterkreuzträger bringen, zumindest aber zum „Eisernen Kreuz erster Klasse" oder dem „Deutschen Kreuz in Gold". An die Tausende und Abertausende Kreuze aus Birkenholz dachte kaum jemand von uns.

Mit dem Ende des zweiten Weltkrieges endeten auch diese Träume. Jetzt wurden sie mit Enthüllungen des Unmenschlichen in bisher unerhörtem Maße konfrontiert.

Auch wenn sie das erst später begreifen sollten, man hatte sie in einen frevelhaften Enthusiasmus hineinerzogen.

Doch darüber nachzudenken, hatten sie damals noch keine Zeit. Um zu überleben, waren andere Dinge wichtiger.

Das Stehlen von Kartoffeln auf den Feldern oder das Klauen von Steinkohle an den Bahngleisen. Und ihre Mütter, die ihnen beigebracht hatten, dass der Diebstahl eine Sünde sei, stibitzten mit ihnen.

Raum für Phantastereien ließ diese Zeit nicht zu. Erst ganz allmählich änderte sich das.

Die Schulen mussten sie über kurz oder lang wieder regelmäßig besuchen. Das fanden die meisten von ihnen nicht so gut.

Lehrer, die vor noch gar nicht allzu langer Zeit stolz das Parteiabzeichen mit dem Hakenkreuz getragen, Churchill als Trunkenbold diffamiert und die Entnazifizierung überstanden hatten, waren nun bemüht, ihnen die Grundregeln der britischen Demokratie zu vermitteln. Das fanden sie noch weniger gut.

Erst als die Schulspeisung eingeführt wurde, freuten sich fast alle auf den Gang in ihre Klassen.

Und irgendwann hatten sie wieder Träume. Träume ganz andere Art.

Jetzt wünschten sie sich ein Billy Jenkins zu sein oder ein Tom Prox. Vielleicht auch ein Kapitän auf großer Fahrt oder ein Robinson Crusoe.

Sie erträumten sich einen Volltreffer im Fußballtoto, hegten den Wunsch nach einem Fahrrad mit rotem Rahmen und Aluminiumfelgen, eine Armbanduhr und nach hellbraunen Schuhen mit dicken, weißen Kreppsohlen.

Später träumten sie auch von Mädchen. Zaghaft zwar und meist in scheuer, kindlicher Keuschheit.

Mit der Zeit nahmen diese Träume immer klarere Konturen an, immer noch scheu, aber irgendwann nicht mehr so keusch.

Nach dem Schulabschluss begann der Run auf Lehrstellen. Wer keine Beziehungen und keinen Flüchtlingsausweis A hatte, ging leer aus. Was für die Leerausgegangenen blieb, war die Landwirt- schaft, später auch der Bergbau im Ruhrgebiet.

So wurde keine von Ihnen ein Kapitän auf großer Fahrt. Auch ist niemand von Ihnen unter der texanischen Sonne über die Prärie geritten. Das Glück, ein Totokönig zu werden hatten sie auch nicht. Schon möglich, dass einige später noch einmal Defoes „Robinson Crusoe" gelesen haben und für wenige Stunden zurückgetaucht sind in die illusionäre Traumwelt ihrer Jugend. Mehr aber nicht.

Für einige wenige boten die neu aufgestellten deutschen Streitkräfte noch eine letzte Chance. Sie nutzten das militärische Angebot des „Zweiten Bildungsweges", sind Berufssoldat geworden. Ganz wenige schafften es zum Offizier oder zum Akademiker.

Nur Mädchen, die ihre Ehefrauen wurden, die bekamen sie alle. Früher oder später auch Kinder.

Mit den Jahren hatten auch ihre Kinder Träume. Wiederum ganz andere Wünsche und Idole. Sie waren berauscht von den Beatles und den Rolling Stones. Die Jungen wollten ein Juri Gagarin sein oder noch mehr ein Neil Amstrong. Sie erträumten sich ein Moped. Die Farbe war ihnen nicht so wichtig, die PS-Zahl um so mehr. Nur die Träume von Mädchen, die waren anfangs noch die gleichen.

Die Strenge an den Schulen wurde nach und nach abgebaut. Das fanden sie gut. Ihre Eltern fanden es weniger gut.

Dafür kam eine Fülle von kaum überschaubaren pädagogischen Experimenten auf sie zu. Das fanden sie und ihre Eltern schwachsinnig. An den Gymnasien wurden die bewährten Klassenverbände aufgelöst und mit ihnen die traditionalen Regeln.

Auf einmal wollten sie keine Kinder und Jugendliche mehr sein, sondern Teenager und Twens. Für ihre wachsende Konsumfreudigkeit reichte das inzwischen eingeführte Taschengeld oft nicht mehr aus. Ihre Großeltern und Eltern wurden für sie zu Spießern. Über ihren kleinbürgerlichen Sparfanatismus und der Begierde nach Befriedigung materielle Bedürfnisse konnten sie nur spöttisch lachen. Heute freuen sie sich darüber, denn dieser Sparfanatismus hat sie inzwischen zur Erbengeneration gemacht.

Früher als damals ihre Väter hatten sie Mädchen. Das, wovon die Väter in ihrer Jugend heimlich und sehnsuchtsvoll geträumt hatten, sahen sie an jedem Zeitungsshop. So nahm man ihnen auch den sinnlichen Reiz der Entdeckung.

Immerhin schafften es mehr als je zuvor, einen Studienplatz zu bekommen. Andere erlernten Berufe. Einige verschwanden in der Szene. So wurden aus Teenagern und Twens Akademiker, Handwerker, Kaufleute und Aussteiger..

Auf der Suche nach dem Sinn im Sein flüchteten auch einige von den Akademikern, Handwerkern und Kaufleuten aus dem Alltag. Sie lehnten alle Einrichtungen der Gesellschaften ab, nur nicht die Sozialämter.

Nicht wenige verfielen dem selbstmörderischen Alkohol- und Drogenkonsum. Andere von ihnen suchten das Heil dieser Welt im Mystischen. Nicht in den Kirchen, die waren ihnen zu sehr reglementiert. Nein, im Szenario des Okkultischen, Esoterischen und Parapsychologischen meinten sie, die eigene Verantwortlichkeit Höherem überantworten zu können. Auch bei den Nichtaussteigern änderte sich das generative Verhalten.

Den wirkenden Kräften des wirtschaftlichen Wachstums und des steigenden Wohlstandes konnten auch sie sich nicht entziehen.

Beeinflusst vom elektronischen Kulturkonsum, schwand das Verzichtsbewusstsein als Lebensleitlinie. Als Ersatz erfand man den Freizeitkult und die Selbstverwirklichung, diese meist auf Kosten der Allgemeinheit. Urlaub machten sie in allen Teilen der Welt. Möglichst zwei- dreimal im Jahr. Diejenigen, die nur einmal im Jahr nach Mallorca fliegen konnten, wähnten sich in der Nähe der Armutsgrenze.

Erlebnishunger und die Angst, etwas zu verpassen, ließen ihre Verschuldungen und die Gewinne der Banken steigen.

Unzweideutig war daher auch die demographische Entwicklung. Wer Kinder aufziehen wollte, musste Konsumverzicht leisten. Nicht allzu viele waren hierzu bereit. Folglich wurden immer weniger Kinder geboren. Mit der Abnahme der Geburten und dem sich, vermehrt auch bei Frauen, steigernden Ego-Trip zur Selbstverwirklichung, stiegen die Scheidungsraten und die Zahl der Alleinerziehenden.

Ihre Kinder nennt man heute Kids, und die Kids nennen ihre Eltern Grufties. Bücher über Kindserziehung, oft von psychologisch unerfahrenen, kinderlosen Autoren geschrieben, boomen. So werden sie, wenn auch nicht alle, zu Kids erzogen.

Inzwischen sind die ersten Kids herangewachsen. An den Schulen sind die Erstklässler schon lange nicht mehr die lieben, lerneifrigen und disziplinierten Kinder. Gewaltanwendung und Drogenkonsum sind in den höheren Klassen keine Seltenheit.

Die Elektronik, aber auch ihre Mütter oder Väter haben ihnen die Chance, kindlich naive Träume zu haben, viel zu früh genommen. Selbst ihre Träume von Mädchen sind zum Teil schon der Konsumgier angepasst. Das ist, genau genommen, das eigentliche Malheur und der erste Schritt zum Abdriften in die Leere.

Wohlgemerkt, das hier gesagte trifft nur auf eine Minderheit zu, aber eine Minderheit mit einem viel zu großem Forum in den Medien. So nagt der Zahn unserer Zeit an den Grundfesten der Gesellschaft. Der Familie!

Quo vadis societas??

Der Radio -Wecker

Morgens um sechs klingelte der Wecker. Eigentlich klingelte er nicht, den diese rappelnden Monster, die uns über Jahrzehnte aus den schönsten Träumen gerissen haben, uns mir ihrem hämischen, schadenfrohen Klingeln daran erinnerten, dass wir arbeiten müssen, damit andere gut leben können, die gab es kaum noch. Man hatte sie durch Radiowecker ersetzt. Und das kam so.

Im Wissen, dass selbst die Kühe, von lauschiger Musik eingelullt, mehr Milch geben, haben verräterische Psychologen sich mit dieser Thematik befasst. Nach jahrelanger Forschungsarbeit wurden die Erkenntnisse der Wirtschaft für immense Honorare verkauft. Es wurde wissenschaftlich bewiesen, dass wir Proletarier uns auch nicht anders verhalten als eben diese Milchkühe.
Die Wirtschaft, an allem interessiert, was für uns gut ist und ihre Dividende in die Höhe treibt, bot den Gewerkschaften eine Sonderkonferenz an. Das Thema: Mehr Lebensqualität für Arbeitnehmer.
Die Gewerkschaften konnten sich diesem Angebot nicht entziehen. Sie sahen in dieser arbeiterfreundlichen Thematik die Chance, ihren Mitglieder-Schwund zu stoppen. Die Aussicht auf

Erfolg war allerdings dann größer, wenn sie mit eigenen Offerten in die Verhandlungen gingen.

Also beauftragten sie ein hochangesehenes wissenschaftliches Institut mit der Erstellung eines Gutachtens. Es sollte untersucht werden, bei welcher Musik denn die Kühe besonders viel Milch geben. Die taktische Überlegung war, sollte der Beweis erbracht werden, dass die Musik die Arbeitsleistung steigere, müsste zwangsläufig eine Arbeitszeitverkürzung folgen.

Die Herren Professoren aus den Fachbereichen Psychologie, Musik und Agrarwissenschaft setzten sich zusammen und entwickelten eine wissenschaftliche Strategie. Der Agrarprofessor schlug vor, für ein Jahr einen landwirtschaftlichen Betrieb mit mindestens 50 Milchkühen zu pachten. Zufällig gäbe es einen solchen Betrieb in der Nähe des Instituts. Er wäre bereit, die sicher sehr schwierigen Verhandlungen zu übernehmen. Dass dieser Betrieb seinem Schwager gehörte und kurz vor der Pleite stand, erwähnte er allerdings nicht.

Natürlich müsse der Kuhstall völlig neu gestaltet werden und den akustischen Erfordernissen entsprechen. Das Beste wäre wohl, einen neuen Stall für diese dringliche Forschungsarbeit zu bauen, meinte der Musikprofessor. Er kenne da eine junge Architektin, die auch musisch sehr begabt sei, und er wäre ausnahmsweise bereit, seine Beziehung zur Verfügung zu stellen. Dass diese Beziehung inzwischen seine Ehe entzweit hatte, mussten die Herren Kollegen ja nicht wissen. Der Agrarprofessor, immer aufgeschlossen für alles, was seinem Schwager von Nutzen war, stimmte dem Vorschlag sofort zu.

Der Psychologieprofessor machte den Herren Kollegen zunächst unmissverständlich klar, dass das Ergebnis seiner präzisen Untersuchungen das Nonplusultra des Gutachtens sei.

Es sei daher unabdingbar, dass von jeder Kuh eine Psychoanalyse zu erstellen sei. Er benötige für seine fundierte wissenschaftliche Arbeit das gesamte, komplexe Spektrum der Kuhcharaktere. Nur so ließen sich die Erkenntnisse der Triebregungen von Kühen sublimieren und die artengleiche Verknüpfung der Leistungsbereitschaft von Kühen und den kleinen Leuten reproduzieren. Wenn diese umfangreiche und sehr sensible Arbeit innerhalb eines Jahres bewältigt werden solle, müsse er für jede Kuh einen Assistenten einstellen. Die lumpigen dreihundert D-Mark, die jeder Kuhassistent monatlich an ihn abführen müsste, waren im Vergleich zu den fünfzig von ihm neu geschaffenen Arbeitsplätzen Peanuts.

Und so bekam die Gewerkschaft einen Kostenvoranschlag in zweistellige Millionenhöhe. Mit einer so kostspieligen wissenschaftlichen Erkenntnis im Aktenkoffer würde man den Kollegen aus der Wirtschaft intentional entgegentreten können. Das würde die Mitglieder und die Medien stark beeinflussen. Für die Gewerkschaftsfunktionäre war dies eine lohnende Investition.

Eineinhalb Jahre später wurde die Konferenz einberufen. Mit ernsten Mienen trat man vor die Kameras.

Die Erhöhung der Lebensqualität von Arbeitnehmern sei schon immer das Ziel der Gewerkschaften gewesen. Jetzt, durch den Druck der Arbeitnehmerschaft, vertreten durch die Gewerkschaften, sei endlich die Wirtschaft bereit, hierüber zu verhandeln. Und die Gewerkschaftsmitglieder können sich darauf verlassen, dass dieses Programm ohne Wenn und Aber durchgesetzt würde.

Die Vertreter der Wirtschaft sahen es ganz anders. In einem sozialen Rechtstaat stünden gerade die Unternehmer in der Pflicht. Sie seien kompromissbereit und schließlich die Initiatoren dieser arbeitnehmerfreundlichen Aktion. Dann wurden vor den Kameras die Hände gereicht.

In den nächsten drei Tagen wurden schwere und langwierige Verhandlungen geführt. Der Vorschlag von Gewerkschaftsseite, jeden Arbeitsplatz mit einem Radio, natürlich auf Kosten der Unternehmer, auszustatten, wurde von der Wirtschaft aufgrund der ohnehin zu hohen Lohnnebenkosten abgelehnt.

Es schien so, als würden die Verhandlungen

scheitern. Da hatte einer der Gutachter, der Psychologieprofessor, eine erleuchtende Erkenntnis. Unbestritten sei, dass das Leistungsverhalten von Kühen und der arbeitenden Bevölkerung fast gleich sei. Doch man müsse den Arbeitnehmern, schon aus ethischen Gründen, ein klein wenig mehr an Kreativität einräumen. Daher reiche es völlig aus, wenn man sie morgens vor Arbeitsbeginn und abends nach Feierabend mit lauschiger Musik beriesele. Entscheidend für eine deutliche Leistungssteigerung aber seien, und dies hätten seine Forschungen eindeutig ergeben, die ersten Minuten nach dem Erwachen.

Weder die Vertreter der Wirtschaft noch die Gewerkschaften mochten dem etwas entgegensetzen. So wurde der Radiowecker nach langer, akademisch geführter Diskussion geboren.

Beide Seiten, die Wirtschaft und die Gewerkschaft, fanden schnell einen Konsens: Die Kosten für ihre Intuition, habe natürlich der Staat zu übernehmen.

Die elektronischen Medien waren beglückt. Sie hatten ein Thema, welches die Pausen zwischen ihren langweiligen Wiederholungen und den einträglichen Werbespots füllte. Interessant für sie war weniger das Programm als die Tatsache, dass die Politik wieder einmal versagt hatte. Für sie war es die Gelegenheit, die Politiker einmal mehr an den Pranger zu stellen und dadurch ihre politische Dominanz zu festigen. So ganz selbstlos wie dargestellt, war ihr Engagement für die Sache natürlich auch nicht. Überzeugt davon, das Kühe nur dann eine Existenzberechtigung haben, wenn man sie auch kräftig melkt, wurde geschickt eine Erhöhung der Rundfunkgebühren angemahnt.

Diese Situation rief die Politiker auf den Plan. Die CDU verwies darauf, dass der Bürger zur Erhöhung seiner Lebensqualität auch einen eigenen Beitrag leisten müsse.

Die SPD wollte diesem für die Gesellschaft so wichtigen Programm nur dann zustimmen, wenn die Arbeitslosen und Sozialhilfeempfänger bezuschusst würden.

Die F.D.P. vertrat die Auffassung, dass man dem Bürger einen zehnprozentigen Aufschlag auf den Radiowecker zumuten könne. Mit den Einnahmen solle die Investitionsbereitschaft der Wirtschaft gefördert werden.

Einen sehr konkreten Vorschlag machten die Grünen. Aus ökologischen Gründen dürfe der Strom für die Radiowecker auf keinen Fall aus Kernkraftwerken kommen.

In guter demokratischer Übereinstimmung fand man dann doch einen Kompromiss. Der Aufschlag von zehn Prozent sollte in eine Stiftung zur Förderung der Kultur fließen. Durch diesen Schachzug wurden die Medien erst einmal besänftigt.

Einigkeit erzielte man auch darüber, dass eine

Verunsicherung der Bürger vermieden werden könne, wenn man die ursächliche Verknüpfung zwischen Milchkühen und der arbeitenden Bevölkerung streng vertraulich behandeln würde. Und so verschwanden diese so wichtigen und teuren wissenschaftlichen Erkenntnisse in den Panzerschränken der Politiker, Wirtschaftsmanager und Gewerkschaftsfunktionäre.

Nur der Staatssicherheitsdienst der PDS, pardon, damals hieß sie noch SED, war in der Lage, sich diese Geheimdokumente zu beschaffen.

Unsicher darüber, wie zu reagieren sei, wurde der Staatsrat der DDR zu einer Sondersitzung einberufen.

Erich Honecker, nicht so gewieft wie seine heutigen Nachfolger und schon damals im gesegneten, senilen Alter, kam gleich zur Sache.

„Genossen", sagte er, „Genossen, damit das von vornherein klar ist, im Gegensatz zu den kapitalistischen Kühen brauchen unsere sozialistischen Kühe keine Musik zur Leistungssteigerung. Sie werden in unseren Kinderhorten von klein auf proletarisch erzogen und stehen daher auf der Seite der Werktätigen."

„Genosse Staatsratvorsitzender", meldete sich der Genosse Tisch zu Wort, „du hast den Zusammenhang zwischen den sozialistischen Kühen und unseren Kinderhorten sehr gut analysiert, aber bedenke Genosse, unser Arbeiter- und Bauernstaat könnte dieses kapitalistisches Gedankengut zum Wohle der Werktätigen, auch im Sinne des Genossen Lenin, in einer sozialistischen Initiative neu erfinden. Diese, von der DDR initiierte, listige Kreativität würde auch unseren Genossen Leonid Iljitsch Breschnew sehr beeindrucken."

„Vielleicht sollte ich den Genossen Leonid anrufen oder noch besser den Genossen Lenin", meinte der Staatsratvorsitzender.

Der Genosse Mielke, der sich bisher noch nicht zu Wort gemeldet hatte, schaltete sich nun in die intensive Erörterung des Themas ein: „Genosse Staatsratvorsitzender, die Deutsche Demokratische Republik ist ein souveräner Staat, und du allein, Genosse, entscheidest, was zu tun ist. Bedenke, Genosse, wenn unsere, den Kapitalisten weit überlegene Intelligenz einen Radiowecker entwickelt, in dem wir eine ganz neue Art von Abhörwanzen installieren, welche Errungenschaft das für unseren Arbeiter- und Bauernstaat wäre."

Erich Honecker dachte lange über das Gesagte nach, dann kam seine mit Spannung erwartete Entscheidung. „Genossen, der Staatsrat der Deutschen Demokratischen Republik hat auf der heutigen Sitzung den Radiowecker erfunden.

Du, Genosse Tisch, erstellst einen Fünfjahresplan für die Produktion eines sozialistischen Radioweckers. Genosse Mielke, du bringst noch mehr kriminelle Elemente in Bautzen unter. Soll die BRD sie doch freikaufen. Mit der kapitalistischen

DM-Mark werden wir unsere sozialistische Produktion finanzieren. Du, Genosse Krenz, sprichst mit dem Genossen Schnitzler. Er soll ein Programm erstellen, in dem die Werktätigen der Deutschen Demokratischen Republik jeden Morgen an die Errungenschaften unseres Arbeiter- und Bauernstaates erinnert werden."

So wurden die Menschen in beiden deutschen Staaten, wenn auch in der DDR mit zehnjähriger Verspätung, durch den Radiowecker beglückt und ihnen der Beginn eines jeden Tages verschönt. Das alles ging mir morgens um sechs durch den Kopf.

Plötzlich fiel mir ein, dass heute Sonntag war und dass wir, im Gegensatz zu Kühen, am Sonntag nicht gemolken werden. Mit einem Druck auf die Taste meines Radioweckers beendete ich das Geplärre von Heino, drehte mich zufrieden um und schlief wieder ein.

CannabisCards

Auf dem Wochenmarkt kam mir mein alter Freund Willy mit strahlendem Gesicht entgegen. „Ich habe heute einen Brief an unsere Sozialministerin abgeschickt", sagte er voller Stolz und sah mich nach Anerkennung heischend an. Mich überraschte es nicht. Willy war ein aktiver Stammtischpolitologe, der nahezu jeder Woche einen Brief an irgend einen Politiker schrieb. An den Bundeskanzler hatte er schon geschrieben und einmal auch an den Herrn Bundespräsidenten. Die zwei hatten sogar geantwortet, alle anderen antworteten nur zu Wahlkampfzeit. Doch Willy ließ sich deswegen nicht entmutigen.

„Worum ging es denn diesmal?", fragte ich. „Das kannst du dir ja wohl denken, oder liest du keine Zeitung mehr?" Ich überlegte krampfhaft, was die Ministerin in der letzten Zeit wieder falsch gemacht haben könnte. Mir ging einiges durch den Kopf, doch ehe ich mich für etwas entscheiden konnte, fuhr Willy fort: „Na? Die Coffee-Shops!"

An den „Joint aus der Apotheke" hatte ich überhaupt nicht gedacht.

Für mich war dieser Vorstoß der Ministerin ein intelligenter Schachzug im Hinblick auf die kommende Landtagswahl. Mit dem zu erwartenden Talk-Show-Marathon und der Gewissheit, dass für eine Legalisierung von Cannabisprodukten die Zustimmung des Bundes und darüber hinaus die Aufkündigung internationaler Verträge erforderlich wären, lassen sich, ohne Gefahr später in die Pflicht genommen zu werden, in bestimmten gesellschaftlichen Gruppierungen Wählerstimmen sammeln. Da ich wusste, dass Willy ein Konservativer war, überlegte ich, was er an die Ministerin geschrieben haben könnte. Wahrscheinlich hatte er die Ministerin auf die fatalen Folgen ihres sozial verheerenden Vorhabens, auf die zwangsläufige Zerrüttung oder gar Verblödung unserer Jugend und überhaupt, den sittlichen Verfall unserer Gesellschaft hingewiesen. Vielleicht hatte er sie aber auch daran erinnert, dass selbst die Niederlande aufgrund gemachter Erfahrungen die Freigabe von Haschisch und Marihuana stark einschränken wollen. Oder hatte er der Ministerin Denkmodelle für erfolgsversprechende Präventionen vorgeschlagen?

Willy unterbrach meine Gedankengänge: „Der Stoff wird ja bald in den Apotheken verkauft. Weißt du eigentlich, was ein Gramm davon kostet?" Bevor ich antworten konnte, fuhr er fort: „Um die zwanzig Mark. Stell dir mal vor, eine Familie mit drei Kindern, der Vater ein Handwerker und dann die hohen Mieten. Wie soll der das Geld aufbringen? Nein, das Vorhaben der Ministerin ist unsozial. Wieder einmal werden die

Wohlhabenden bevorzugt, und das von einer sozialdemokratischen Ministerin. Verstehst du das?"

„Ja, aber..." weiter kam ich nicht. Willy hatte sich in Rage geredet und sprach laut weiter: „Und das nennt sich dann auch noch sozialer Rechtsstaat, der ja originär die Schwachen unterstützen sollte. Nein, nein, so kann man mit uns nicht umspringen."

Ich dachte, armer Willy, jetzt ist er total verrückt geworden.

Willy warf sich in die Brust: „Ich habe der Ministerin vorgeschlagen, an den Schulen CannabisCards im Monatswert von 50.-DM an alle Schüler ab dem zwölften Lebensjahr auszugeben. CannabisCards, hört sich doch sehr gut an, meinst du nicht auch? Diese Bezeichnung habe ich selbst erfunden. CannabisCards, das geht runter wie Öl. Ich sollte diesen Namen gesetzlich schützen lassen. Du weißt ja, wegen der Werbung und so. Was meinst du?"

Ich war so perplex, dass ich nicht wusste, was ich antworten sollte. Wahrscheinlich musste ich ein ziemlich dummes Gesicht gemacht haben, denn Willy sah mich an und sagte: „Ich sehe, ich habe dich überrascht. Ja, mein Guter, in einer freien und pluralistischen Gesellschaft müssen gerade wir Älteren neue Ideen tolerieren. Da ich weder Kinder noch Enkelkinder habe, habe ich damit keine Probleme. Auch du solltest umdenken, du weißt ja, wegen dem Generationsvertrag und so." Ich schüttelte den Kopf. Soviel Unbedarftheit hätte ich Willy nun doch nicht zugetraut.